KB189994

당신에게 보내는

엽서 한 권

당신에게 보내는 **엽서 한 권**

초판 1쇄 인쇄일 2019년 8월 19일
초판 1쇄 발행일 2019년 8월 23일

지은이 박수연
펴낸이 양옥매
디자인 김지혜, 임흥순
교 정 조준경

펴낸곳 도서출판 책과나무
출판등록 제2012-000376
주소 서울특별시 마포구 방울내로 79 이노빌딩 302호
대표전화 02.372.1537 **팩스** 02.372.1538
이메일 booknamu2007@naver.com
홈페이지 www.booknamu.com
ISBN 979-11-5776-767-0(03800)

이 도서의 국립중앙도서관 출판시도서목록(CIP)은 서지정보유통지원 시스템 홈페이지(http://seoji.nl.go.kr)와 국가자료공동목록시스템 (http://www.nl.go.kr/kolisnet)에서 이용하실 수 있습니다.
(CIP제어번호 : CIP2019032483)

당신에게 보내는
엽서 한 권

박수연 지음

책과나무

당신에게 마음을 보냅니다.

이 마음은 위로이고, 사랑이고,

감사입니다.

글자로, 사진으로

그저 기록하고 싶은 것을 기록했습니다.

각자의 삶을 들여다보면, 아프지 않은 삶은 없습니다.

위로가 필요치 않은 삶은 없습니다.

위로가 필요했던 그때의 나를 위로하듯

당신을 조용히 위로하고 싶습니다.

사진은 그리스의 산토리니와 아테네, 포르투갈의 포르토,

스페인의 바르셀로나와 몬세라트, 스코틀랜드의 에든버러,

영국의 런던, 프랑스의 파리와 지베르니, 체코의 프라하,

오스트리아의 비엔나와 잘츠부르크, 독일의 베를린,

폴란드의 바르샤바와 크라쿠프와 자코파네와

Mszana dolna 그리고 포즈난을 담았습니다.

글은 모든 길 위에서,

짧게는 새로운 곳에 서서

길게는 인생이라는 길에 서서 느끼고 배우고

기쁘고 슬퍼하고 감동했던 순간들을 담았습니다.

내가 이 글을 쓴 것은

사랑하는 사람을 잃은 까닭입니다.

사랑만이 가득하던 어린 시절이 지나갔기 때문입니다.

이젠 내가 사랑을 줄 차례가 오고 있음을 알기 때문입니다.

모든 것이 영원하지 않음을 깨달았기 때문입니다.

모든 것은 사랑 때문임을 전합니다.

당신에게

가장 낯선 곳에서 울고 웃었던

행복했던 나의 시간을 나눕니다.

이 안에서 당신이 함께 작은 공감과 위로라도 얻는다면,

그것으로 넘치게 감사합니다.

차례

작가의 말 … 6

01 SANTORINI IN GREECE … 11
그 한 문장이 될 수 있다면

02 ATHEN IN GREECE … 43
그 너머, 그 이상의 사랑

03 PORTO IN PORTUGAL … 57
알아야 할 때에 안다는 것

04 BARCELONA IN SPAIN … 77
나를 찾는 여행

05 MONTSERRAT IN SPAIN … 93
당신의 계절

06 EDINBURGH IN SCOTTLAND … 105
자유롭게 춤춰도 괜찮아

07 LONDON IN ENGLAND … 123
가장 빛나는 순간

08 PARIS IN FRANCE … 151
사라지지 않는 것들

09 GIVERNY / AU-VERS SUR OISE / VERSAILLES IN FRANCE … 185
삶의 진정한 가치

10 PRAHA IN CZECH REPUBLIC ... 201
따뜻한 쉼

11 WIEN IN AUSTRIA ... 215
오늘 그리고 지금

12 SALZBURG IN AUSTRIA ... 227
그것이 불가능할지라도

13 BERLIN IN GERMANY ... 237
함께하는 미래를 그리며

14 WARSAW IN POLAND ... 253
포기하지 않는다면

15 KRAKOW IN POLAND ... 269
시간이 멈춘 도시에서

16 ZAKOPANE IN POLAND ... 281
당신의 메아리

17 MSZANA DOLNA IN POLAND ... 295
선물 같은 시간

18 POZNAN IN POLAND ... 305
나를 위한 꽃 한 송이

나가는 말 ... 326

"죽기 전에 에게해를 여행할 행운을 누리는 사람에게 복이 있다.
에게해만큼 쉽게 사람의 마음을 현실의 세계에서 꿈의 세계로
옮겨 가게 하는 것은 없으리라."

– 니코스 카잔스키스 저 『그리스인 조르바』

01

SANTORINI IN GREECE

_ 그 한 문장이 될 수 있다면

평범한 그 어느 날의 노을, 산토리니

삶을 살아가면서
울고 싶은 순간은 너무도 많기에
오죽하면 태어나 첫 순간조차 터트리는 것이 울음인지

창을 통해 보이는 다른 이의 모습은
반짝반짝 빛나는 것만 같기에
때로는 나만 왜 이럴까 고개가 숙여지지만,
이것은 내가 직접 대면하는 삶이
나의 삶밖에 없는 까닭입니다.

의외로 무척이나 힘들고 고달픈 것이 인생이지만
의외로 생각보다 훨씬 따뜻하고 살 만한 것이 인생이기에
모든 삶이 그렇기에

울지 말아요.
조금 더 당신을 예쁜 눈으로 바라보아요.

쓰면 뱉고 달면 삼킬 수 없는 것이 우리의 인생이지만
쓴 것을 힘겹게 먹었을 땐 약이 되는 것을 이젠 알아요.

오늘을 잘 이겨 내고 있는 그대는 울지 말아요.

아틀란티스 서점, 산토리니 이아마을

그 한 문장이 될 수 있다면 그것으로 되었다

어떤 색은 그곳이라 부를 수 있을 만큼 강렬했다.
무엇 하나로 행복했던 기억은 누구에게나 있을 것이다.

동전 하나로, 화창했던 날씨 하나로,
얼떨결에 챙겨 나온 우산 하나로,
그 시간 함께했던 사람 하나로,
방금 손에 쥔 따뜻한 커피 한 잔으로,
마침 불어 주는 바람 한 점으로,

또 어느 구절 한 문장에
그 책이 그렇게 소중했던 적이 있을 것이다.

우리가 어느 누군가의 삶에
그 색이, 그 한 문장이 될 수 있다면
그걸로 되었다.

아틀란티스 서점 내부, 산토리니

인생의 시련이 닥쳤을 때, 가장 좋은 도피처는 서점이다

—

나의 가장 큰 친구는 할머니였다. 나의 가장 큰 스승은 할아버지였다. 이것만으로도 나는 세상에 부러울 것이 없는 행복한 사람이었다. 우리 할아버지는 책 벌레셨다. 입을 것을 안 입으시더라도 책값은 아끼지 않으셨다. 늘 원고를 준비하셨던 할아버지의 서재엔 할머니도 쉬이 드나들지 않으셨다.

할아버지가 책상에 앉아 계실 땐 서재 문 앞은 까치발로 다니곤 했다. 물론 가끔 살짝 고개를 들이밀고 할아버지의 뒷모습을 바라볼라치면 어떻게 아셨는지 서랍 맨 아래 칸에서 오레오 과자를 하나씩 꺼내 주셨다. 아직도 누군가의 서재를 좋아하는 까닭은 그 사람의 삶이 그곳에서 어렴풋이 보이기 때문이다. 기억이 가물가물한 어린 시절부터 할아버지가 자리를 비우실 때면 서재의 그 큰 의자에 파묻혀 조용히 숨쉬는 것이 나를 가장 편안하게 했다.

할아버지를 흉내 내며 책을 어느 정도 읽기 시작하고부터는 그의 손때가 탄 책을 따라 읽는 것이 내 낙이었다. 할아버지로부터 물려받은 제일 큰 자산 중 하나는 책이다. 삶에 막혀 숨이 안 쉬어질 때 언제나 숨을 수 있는 곳, 절망스러운 시절 다시 일어설 수 있도록 안아 준 것, 모두 책이었다. 견디기 힘든 시간 속에 있다는 생각이 들 때, 당신이 서점으로 들어섰으면 좋겠다.

참 고생 많았다

~

당신을 제일 먼저 토닥여 주는 사람은
당신이었으면 좋겠다.

당신을 가장 사랑하는 사람 또한
당신이었으면 좋겠다.

삶은 어떤 유명하고 대단한 말 몇 마디로
정의될 수 있는 것이 아니기에

애쓴 당신의 하루를
당신이 자랑스러워했으면 좋겠다.

돌고 돌아 겨우 여기가 아니라, 당신만의 속도로,
당신만의 방향으로 묵묵히 걸어온 길이기에
또 나아갈 내일을 위해 오늘 밤이 평안했으면 좋겠다.

당신의 하루를 정리하는 기도에
감사가 가득했으면 좋겠다.
오늘도 참 고생 많았다.

시간과 공간 그리고 너와 나, 아틀란티스 서점

다정한 어느 노부부, 산토리니

소망

내가 모든 것에서 자유하기를 소망합니다.
오늘의 정답이 내일의 정답일 거란 오만에서 벗어나
늘 틀릴 수 있다는 사실을,
그것이 그리 하늘이 무너질 일이 아님을 알기 원합니다.

내가 오늘 조금 더 지혜로워지길 소망합니다.
조금 더 나은 선택을 하고 싶기 때문입니다.
매순간이 어렵기에, 더 따뜻해진 온도로
더 따뜻한 선택을 할 수 있는 사람이 되길 원합니다.

내가 아름다운 것에서 아름다움을 발견하기 소망합니다.
삶이 나에게 비틀어진 꺼풀을 씌우거든
크게 울어 씻어내 선을 굴절시켜 악으로 읽어 내는
어리석음 따위는 내던져 버리길 원합니다.

나와 당신이 희망을 발견할 수 있는
하나의 성숙한 인간이 되기를 소망합니다.

여름밤

어느 여름 밤, 산토리니

열이 펄펄 끓었다.
내 이마를 짚으시던 할머니의 손이 유독 찼다.

뜨거웠던 한낮의 온도보다 뜨거운 열병이었다.
몸은 덜덜 떨렸고 밤이 되자 끙끙거리는 신음으로 터져 나왔다.

조금 벌어진 마른 입술 사이로 뭔가를 흘러 넣으셨다.
찬 수건으로 몸이 수십 번 훑어졌다.
살짝 뜬 실눈에 본 할머니는 조용히 헝겊으로 눈물을 훔치셨다.

그렇게 할머니의 한여름 밤은 지새워졌다.
그 여름밤의 별이 참 밝았다.

시간은 흘렀고, 할머니는 별이 되었다.

그 후로도 몇 번의 여름밤이 지났다. 그러고서야 알았다.
헝겊으로 급히 훔쳐내던 눈물의 의미를 이제야 알았다.

무더운 여름밤이다.
오늘 나는 이 밤을 지새운다.
별이 참 밝은 한여름 밤을 지새운다.

어둠이 눈부셨던 밤

—

십자가, Oia in santorini

어둠이 눈이 부실 수 있다는 것을 알게 된 밤이었다.

산토리니의 밤은 그렇게 아름다웠고 뜨거웠고 눈이 부셨다. 그 가장 빛나는 곳에 서 나를 빛나게 만들어 준 사람이 생각났다.

함께 올 수 있었다면, 얼마나 좋았을까.

할머니와 나는 가장 친한 친구였다. 함께 그림을 그렸고, 바둑을 두었고, 연필을 손에 쥐어 주셨으며, 젓가락질을 알려 주셨다. 누구든 자신의 어린 시절에 지대한 영향을 끼친 사람이 있을 것이다. 할머니는 나를 어리게 대하지 않으셨다. 늘 나의 의견을 물었고, 나의 대답이 아무리 우스워도 무시한 적이 없으셨다. 때론 누구보다 허물 없게, 때론 누구보다 엄하게 그렇게 내 곁을 지켜 주셨다.

나는 한글을 할머니께 배웠다. 8칸 공책에 연필로 또박또박 쓰려고 애쓰던 순간의 기억이 아직도 생생하다. 그때쯤부터였을까, 하루의 감정을 한 줄씩 적어 내려가기 시작했고, 그건 내 첫 일기장이 되었다. 일기를 쓰면 할머니께 가져갔고, 시를 쓰면 할머니께 읽어 드렸다. 그랬을 때 때마다 한 번도 이렇게 써라, 저렇게 써라 타박하신 적이 없었다. 좋다 나쁘다 평가하신 적이 없었다. 내가 기억하는 건 내가 쓴 글을 참 좋아하셨다는 것. 내가 나의 못난 글도 사랑할 수 있는 이유였다.
할머니가 떠나신 후, 그렇게 좋아하던 글을 3년 동안 쓰지 않았다. 읽어주는 사람을 잃는다는 것은 쓰는 것을 잃는 일이었다.

나의 존재를 알아주는 사람을 잃는다는 것은 나의 존재를 잃는다는 것임을 그때 알았다.

이아마을, 그리스 산토리니

성채에는 발을 들일 수 없을 정도로 사람이 가득 찼다. 아까 내가 있던 곳이 맞는 것일까 의문이 들 정도로 들어서는 골목까지 줄이 늘어서 있었고, 다들 카메라 렌즈를 해에 가져다 대느라 정신이 없었다.
파란 돔 앞의 카페 테라스에 앉아 그 광경을 지켜보았다. 수평선 너머로 사라지고 있는 해를 보려 면 나도 어서 부지런히 일어나 그 무리에 섞여 들어가야 했지만 왠지 저 광경을 바라보는 것이 재미있었다. 수많은 사람들을 통해 해가 얼마나 붉은지 알 수 있었다. 하늘이 점점 분홍빛으로 물들기 시작했다. 그래, 분홍빛이 맞았다. 마음이 설렜다. 자리에서 일어났다.

나는 붉은 태양빛 사이로, 그보다 더 붉은 인파 사이로 들어섰다. 해를 잘 보여 주고 싶어 아이를 목마 태운 아빠가 보였다. 그러다 아빠는 조금 높은 건물 위에 아이를 앉혔다. 몇 분이 흘렀을까. 아이는 연신 큰 소리로 엄마를 불러댔다. 그 아이는 모든 사람들이 그토록 보고 싶어 하는 저 아름다운 붉은 노을보다 엄마 품에서 더 행복해했다.
사람들 사이를 헤매다 적당한 장소를 찾아 앉았다. 강렬한 햇빛은 새하얀 건물들을 붉게 물들이며 비현실적으로 내려앉았다. 저 수평선에 닿을 듯 말 듯 강렬한 태양은 사람들의 애간장을 꽤나 녹였다. 피치가 맞지 않는 바이올린의 선율이 귀를 때렸고, 수많은 셔터 소리와 탄성 소리가 곳곳에서 들려왔다.

해가 저물기 시작했다. 수많은 사람으로 이루어진 물결이 성채에서 쏟아져 나왔다. 그들을 거슬러 올라가기 시작했다. 괜히 신이 났다. 붉게 상기된 얼굴들을 마주하며 방금 전까진 한 발자국도 들어갈 엄두조차 낼 수 없었던 곳으로 향했다.
해가 지고 난 후, 그리고 어둠이 찾아오기 전까지의 시간. 하루 중 내가 가장 좋아하는 시간이다. 누구에게도 방해받고 싶지 않고 하늘을 바라만 보고 싶은 그 시간. 나를 만나는 시간.

이날의 나는 그리스 산토리니에 있었고, 빈산트 와인 작은 병을 7유로에 사 손에 들었으며 성채의 벽돌로 싸인 가장 높은 곳에 걸터앉았다. 파스텔 톤의 하늘빛과 붉은빛, 그리고 서서히 다가오는 어둠 그 틈에 서서히 빛을 뿜어내는 건물의 불빛들. 순간 저 수평선 너머에서 불어온 듯한 강한 바람이 불었고 꿈이 아님을 자각했다. 믿을 수 없이 아름다운 순간이었다.
어떠한 말도 필요하지 않았다. 말이 안 되는 하늘 빛과 바다, 그리고 절벽에 이루어진 아름다운 마을에 내려앉은 형용할 수 없는 수많은 색채들. 그리고 이것들이 불러오는 생각과 감정. 정리하지 않았다. 드는 생각은 드는 대로 지나가는 감정은 지나가는 대로, 보고 싶은 사람은 보고 싶어 하며 그렇게 그대로 있었다.

어둠이 깔렸다. 이곳은 마법이 있는 곳이었다. 해가 뜨고 지는 게 생각해 보면 얼마나 신비로운가. 다른 색을 받아 주던 건물들은 어둠이 오자 자신의 불빛을 밝혔다. 무엇보다 아름답게. 조금 전 저 그림같은 곳에 있었다는 사실을 그 당시엔 몰랐었다.

빈산토 와인에 이만한 안주가 없었다.

어느 여름밤, 산토리니

기도

—

문틈으로 빛이 살금 새어 나왔다. 문을 살짝 열었다.
늦은 시각이었기에 깊은 잠을 자고 계셨다.
할아버지의 두 손은 꼭 모아져 있었다.
마치 꿈에서조차 기도하듯이.

할아버지의 삶이 그러하셨을 것이다.
평생을 다른 이들을 위해 쓰셨던 그이의 인생이었다.
그럼에도 밤의 한 자락은 우리를 위한 기도록 새어졌을 것이다.
나를 위한 기도로 새어졌을 것이다.

재단에 서시기 이전에, 주일 새벽이면
배고픈 교인의 집에 먼저 향하시던 그 발걸음을 기억한다.
다른 이를 위하고 위했던 삶임을 보아 왔다.

그럼에도 이렇게 깊은 밤이면,
나를 위해 기도하셨을 것을 나는 안다.

그 기도의 젖을 받아먹고 자랐다, 나는.
내가 나 잘났다고 내 멋대로 살 수 없는 이유는

내가 날로 받아먹은 것의 크기를 얼추 알기 때문이다.

부끄럽게도 넘치게 받은 사랑의 크기를 얼추 알기 때문이다.

이 밤의 할아버지는 그 크고 든든하던 날에 비해 참 작았다.

그렇게 커 보였었는데 참 작기도 했다.

그럼에도 꼭 모은 그 두 손은 세상 무엇보다 컸다.

나를 감싸 안고도 남을 만큼 참으로 컸다.

그 순간의 색, Ola in santorini

새 포도주

—

겉옷이 너무나도 중시되는 세상이다. 우리는 우리가 가진 본질적인 부분을 드러내기 위해 '비'본질적인 것에 몇 배의 노력을 쏟아붓는다. 하지만 삶에서 중요한 것은 명품 코트가 아니라, 옷을 보이지 않게 만드는 통찰력을 지닌 눈빛이며, 필요 이상의 넓은 집의 평수가 아니라, 서로 사랑하는 집 안의 가족이다. 본질이 없는 인간은 살아갈 수 없다. 우리가 살아 내야 하는 삶은 저녁에 다시 막을 올릴 수 있는 연극이 아니다. 그렇기에 우리는 '진짜'를 살아 내야 한다. 본질과 비본질의 경계가 흐린 현실이다. 늘 깨어 있자. 새 포도주가 되자.

그 순간의 음악, Oia in Santorini

한 사람

한 사람의 가치를 아는 것이 얼마나 중요한지 아세요?
한 사람은 하나의 세계를 만들어 냅니다.

사람과 사람 사이의 관계가 어려운 까닭은 한 사람의 마음을 움직이는 것은 하나의 세계가 움직이는 것이기 때문입니다. 삶을 살아가며 우린 수많은 사람들과 스치고 만나고 인연을 맺고 마음에 안기도 하며 수없이 많은 손을 맞잡지요.

그때, 한 사람 한 사람의 소중함과 가치를 알고 살아가는 것과 모르고 살아가는 것은 엄청난 차이가 있습니다. 다른 이를 나와 같이 사랑하는 것, 그것은 나에 대한 깊은 이해가 이루어졌다는 반증이기 때문이지요.

우리의 삶은 수많은 인연 사이에서 나의 줄을 찾아 잡고, 또 그에 따른 뿌리를 내려 가며 열매를 맺어 가고, 그것을 나눠 가며 또 씨앗을 뿌려 가는 것인데, 이 모든 것은 사실 각 사람의 하나의 세계 안에서 이루어지고 있어요.

저 너머, Pira in santorini

절벽, 그 위, Pira in santorini

세계와 세계, 다른 이를 존중하지 못하고, 사랑하지 못하며, 좋은 것을 좋게 보지 못하는 미운 마음을 가지고 있다면, 나만 생각하는 욕심꾸러기의 마음을 가지고 있다면, 자신의 세계를 건강히 가꾸어 갈 수 없어요.

때론 소나기도 오고 태풍도 불겠지요. 하지만 비가 그친 후 무지개를 희망 삼아, 그 빗물을 거름 삼아 단단히 버티고 이겨 낸다면 당신의 세계는 분명하게 장담컨대 하나의 빛나는 세계가 이루어질 겁니다. 그렇게 커서 다른 이의 세계까지도 빛내 줄 수 있는 그런 건강한 세계 말이에요.

당신의 가치를 아세요.
그리고 다른 이의 가치를 아세요.

함께 빛나세요.

NAOUSSA

아름다웠던, Pira in Santorini

떠나는 새벽 아침, in Santorini

새벽

—

길을 떠나는 새벽이었다.

새벽은 힘이 있다. 밤과는 다른.

하늘은 물들어 있었다.

두 사람의 이야기가 궁금하지는 않았다.

다만, 나의 옛이야기가 떠올랐을 뿐이다.

두 사람의 모습이 부러운 건 아니었다.

하지만 서로여서 행복하길 바랐다.

진심으로.

"인생의 계산 방식,

삶은 계산기로
계산될 수 없기에"

02

ATHEN IN GREECE

_ 그 너머, 그 이상의 사랑

"나 이때 집에 돌아갈 거야. 부모님께는 여쭤보았는데, 혹시 계획이 없다면 함께 가지 않겠니?"

그렇게 비행기표를 샀다.

내 첫 그리스는 내 첫 그리스 친구와 함께였다.
일주일가량을 친구 집에서 머물렀기에, 민폐가 되지 않을까 걱정이 많이 되었다. 공항에 마중 나오신 아빠께서 반갑게 맞아 주시기 전까지, 집에서 기다리시며 그리스 음식으로 한 상 가득 차려 주신 엄마의 식탁을 보기 전까지, 내 방이라고 예쁘게 꾸며 주시고, 새 이불과 침대 위에 접힌 깨끗한 수건 두 장을 보기 전까지 말이다. 너무 반갑게 맞아 주셔서, 집 생각이 나지 않을 정도로 따뜻하게 대해 주셔서, 정말 감사했다.

친구 집은 그리스의 아테네다.
나는 어릴 때 그리스 로마 신화를 정말 좋아했다. 물론 누구나 그렇듯, 자라며 어릴 때 이러한 첫사랑은 하나씩 있고 크면서 다들 잊어 가지만, 아테네를 간다니 오랜만에 떨리게 다음 권을 기다리던 어린 시절의 내가 떠올랐다. 마음이 참 설레었다. 여행으로는 만날 수 없었을 그리스를 만났다. 친구는 내게 아테네에 대해서 최대한 많이 보여 주기 위해 노력했다. 쉽지 않은 일이었을 텐데 친구에게 참 고마웠다.

친구 부모님께도 정말 많이 감사했다.
가족 여행도 함께 다녀왔다. 3시간 반 정도를 달려 도착한 곳에서는 고대 그리스 극장에서 축제를 하고 있었고 가족들과 함께 연극을 보며 즐거운 시간을 보냈다. 처음 봤음에도 딸처럼 아껴 주시며, 매일 맛보여 주고 싶은 그리스 음식을 해 주셨다. 마지막 날, 그리스에 너의 집이 있으니 언제든 오라고 꼭 안아 주시는데 눈물이 찔끔 났다.

인생은 계산기로 계산될 수 없어서

인생은 백을 쏟은 곳에서 백을 받는 것이 아니다.

백을 빼앗아간 쪽을 쫓아가 백을 받아 내야만 하는 것이 인생이 아니다. 계산하지 않고 베푸는 마음을 가지는 것은 절대 손해가 아니다. 세상엔 단순한 수치로 계산할 수 없는 일들이 많다. 그 너머의, 그 이상의 사랑이 많다. 생각지 못한 기쁨을 발견하곤 한다.

아테네의 거리에서, Athen in Greece

어려움을 잘 이겨 냈다면

인생에 어려움이 몰아친 후, 그리고 끝났다고 생각한 그 순간 바로 새 출발을 할 수 있을 것 같지만, 우리는 그 파도를 헤쳐 나오며 지친 자기 자신, 고갈된 내면과 잃었던 마음의 평안과 여유라는 문제에 직면한다.

이 시기를 따뜻함으로 자신을 잘 돌보아야 한다.
충분히 쉬고 사랑하고 사랑받으며. 기억해야 할 것은 다른 사람의 관심과 애정 또한 중요하지만 진정한 자신과 다시 마주하고 내가 나를 사랑하는 것, 그게 우선이라는 점이다.
공허함과 외로움과 허무함을, 근원인 그리움을 곱씹어 내고 뱉어 내는 것, 그것이 해야 할 일이 아닌가 싶다.

아픔과 행복, 아픔과 성숙이라는 상대적인 개념은 각각을 겪어 봐야 조금이나마 이해할 수 있다. 슬픔을 겪어 본 이가 행복을 인지하듯, 고통과 아픔을 아는 이가 공감과 위로를 진심으로 전하게 되듯, 진정으로 울어 본 이가 진정으로 웃을 수 있듯이 말이다.

그 의자, Athen in Greece

신앙

미래에 대한 불안과 고민이 내려놓아지는 것
그럼으로 더 묵묵히 나아가게 되는 마음

누군가에 대한 미움을 끊임 없이 걸러내며,
다른 이를 정죄하지 않는 것
일곱 번을 일흔 번까지 용서하는 마음

오므라들지 않는 손과
한 번도 상처받지 않은 것처럼
끝없이 베풀어야겠다는 마음

이 모든 것이
내가 벗어나고 싶어서 거는 주문이 아니라
나는 행복하기에 당신도 행복하길 바라는
마음에서 비롯되는 마음

진정으로 평안하고
있는 그대로의 나를 사랑하게 되는 마음

배움

~

배우는 것은 쉽지 않다.

지금 힘들고 괴롭다면

그만큼 값비싼 것을 배우고 있는 중이다.

이 오늘로 인해 당신의 내일이

조금 더 나을 것을 약속한다.

당신이 나아가고자 한다면 말이다.

Mount Lycabettuse, Athen in Greece

그렇게 가자

사람과 사람 사이의 만남이 일반적 덧셈 뺄셈과 같지 않기에, 우린 꽤나 아픔을 겪기도 하지만 때론 큰 축복으로, 때론 생각지 못한 기쁨으로 찾아온다. 그 무더웠던 여름이 지나가듯이 모든 일에는 각자의 때가 있고 그 시절은 분명히 지나가기에, 좋은 것은 감사함으로 누리고, 아픈 것은 약을 발라 가면서 배워 가면서 그렇게 가자.

2018 APIDAURUS FESTIVAL, Greece

무엇을 타고 있는가가 중요한 것이 아니라 가는 방향이 중요하겠지,
아테네의 어느 도로에서

그리스인들은 커피를 참 좋아한다.

그러나 그들이 사랑하는 것은 커피 자체가 아니라,

대화하며 함께하는 시간을 사랑한다고 했다.

누군가의 눈을 바라보며

마음을 나누는 시간이라면

언제라도 사랑스러울 것같다.

찍어 주던 친구를 남기고 싶어서, 아크로폴리스

지금

—

행복이라는 것은 먼 곳에 있지 않다.

지금 여기에서 찾아야 한다.

지나온 시간들은 다시 살아 볼 수 없고

다가올 시간들은 미리 살아 볼 수 없다.

우리는 지금을 행복하게 살아야 한다.

"At any time, happiness comes after frustration
like the sun comes out after rain"
"언제라도 좌절 후에는 행복이,
비가 온 후에는 맑은 날이 오는 것처럼"

- snoopy

03
Porto in Portugal
_ 알아야 할 때에 안다는 것

동루이스 다리로 가는길, Porto in Portugal

porto

—

포르토,

이름에서부터 포르투갈의 느낌이 물씬 느껴졌다.

'porto'는 '항구'라는 의미를 가지고 있으며

포루투갈이라는 나라 이름의 유래가 된 도시이다.

오랜 역사를 가지고 있는 포르토의 역사 지구는

유네스코 세계유산으로도 등재되어 있는 만큼,

도시 곳곳에 전체에 걸쳐 오래도록 이 땅을 지켜 온

특유의 역사적·문화적 분위기가 묻어 있었다.

너무도 푸르렀던 그날, Porto in Portugal

질 좋은 여유

—

여러 가지를 보기 위해 마음이 분주한 여행도 좋지만, 작지만 가득 찬 도시를 누리는 것은 참 질 좋은 여유다. 낯선 곳에선 늘 새벽에 눈이 떠지곤 했는데 늘어지게 늦잠을 잤다. 푸르고 따뜻한 시간을 보냈다. 삶의 사이사이에 채워지는 이러한 시간들은 우리를 넉넉하게 만든다.

Douro강변에 잠시 앉아요 우리, Porto in Portugal

알아야 할 것을 알아야 할 때 안다는 것

—

어린 시절 끝이 없던 체력은 영원할 줄 알았고, 웃기만 해도 빛이 나던 젊음은 끝이 없을 줄 알았다. 부모님의 등은 굽어 간다는 사실은 보면서도 깨닫지 못했으며 너무도 집착하고 이루고 싶었던 것들도 시간 앞에 한낱 모래성에 지나지 않는다는 사실은 알고 싶지도 않았다. 알아야 할 때에 알아야 할 것을 알아차리는 것만으로도 우리는 조금 더 나은 것으로 인생을 채울 수 있을 것이다.

아직도 결정에 완벽한 확신은 없다. 그리고 항상 현실엔 걱정되는 문제들이 있다. 인생의 고민들은 사라지지 않는다. 그렇지만 그것을 조금 더 지혜롭게 조금더 지혜롭게 풀어 갈 수 있는 나를 만들어 가는 것이 중요하다.

삶을 나답게 살라는 메시지를 우리는 수많은 매체와 세상으로부터 요구받는다. 삶을 나로서 사는 것은 중요하지만 그것이 심오하거나 거창하거나 철학적이어야 그 답이라고 생각하지 않는다. 그것은 내가 무엇을 좋아하는지 아는 것에서부터 시작된다.

많은 사람들이 좋아하는 놀 거리, 모두가 줄 서서 들어가 찍어 올리는 맛집, 다들 재밌다고 하는 영화, 대학은 어디 갔니, 취업은 언제 하니, 이제 슬슬 결혼해야지, 많은 사람들이 사는 삶의 스타일, 그 파도에 휩쓸려 살아가는 것이 아니라 내가 좋아하는 삶의 방식을 알고, 아닌 것은 아니라고 말해 가면서, 좋아하는 것은 마음껏 좋아하면서, 이루고 싶은 것엔 최선을 다해 가면서, 남과의 비교가 아니라 그저 자신의 삶을 살아가면 된다.

순간 깨달았다.
이 아름다운 곳에서 내가 하고 있는 것은 걱정이었다.
나의 삶에 대해서 생각하게 되면서
이게 맞을까, 저게 맞을까, 이랬어야 했나, 저렇게 해야 할까.

"그저 이것만으로도 행복하지 않나요?
저 아름다운 노을이 보이지 않나요?
당신을 위해 켜진 저 반짝이는 불빛들이 보이지 않나요?
이 시간을 누려요. 당신에게 주어진 것을 바로 보고 누리란 말이에요."

마음에 울리는 소리였다. 삶에 울리는 소리였다.

해는 저물고 있었고, 내 손에는 한국에 가면 몸값이 몇 배 비싸지는 포르토 와인 한 병이 들려 있었다. 무엇보다 동루이스 다리가 한눈에 보이는 강변에 앉았으며 밤까지의 자유로운 시간이 주어져 있었다.
나는 그 시간 참 행복한 사람이었다. 나는 웃음 짓기에 충분한 상황이었다. 조금 더 밝은 부분에 집중해도 되는 걸 왜 몰랐을까. 녹록지 않은 것이 현실이지만, 그것을 견딜 힘 또한 주는 것인데.
늘 견디고 버텨야 했던 지난 시간들 모두 참 고생 많았다. 힘든 것이 무엇이며 그것을 이겨 내는 것이 얼마나 힘든지를 겪었기에 걱정스럽고, 잘 살아 내고 싶기에 염려스러운 것을 안다. 신실하게, 정직하게, 성실하게 살아간다면 분명 밝을 것이다. 이겨 내고 지금 이곳에 있듯이, 이겨 내고 또 빛나는 그곳에 있을 것이다.

노을이 지는 동루이스 다리, Porto in Portugal

어두울 때 가장 빛나던 동루이스 다리, Porto in Portugal

세상에서 제일 예쁜 카페에서 있었던 일

—

포르토에 있는 'majestic café'는 1921년에 첫 문을 열었다. 따뜻하고 고풍스러운 분위기와, 해리포터의 작가가 포르토에 살던 시절, 자주 책을 쓰러 왔던 곳이라는 감성이 더해져서일까, 수많은 사람들의 발걸음이 끊이지 않는 곳이다.

한 할머니와 할아버지께서 손을 꼭 잡고 들어오시더니 바로 앞 테이블에 자리를 잡으셨다. 주문을 하시곤 할아버지께서 일어서시길래 바라보았더니 할머니를 찍기 시작하셨다. 그 모습이 얼마나 열심이신지 참 예쁘기도 하고 부럽기도 하고, 한편으로는 먹먹하기도 했다. 그러다 내게 두 분이 함께 있는 사진을 부탁하셨다. 찍어 드리는데 여행하면서 이렇게 잘 찍고 싶었던 적이 없었다.

그 후 할아버지께서는 자신도 찍어 주겠다고 하시며 나의 핸드폰을 달라고 하셨다. 자리도 바꿔 가며 여러 배경에서 찍어 주셨다. 그 후 본인은 손이 많이 떨려서 잘 못 나왔을 수도 있으니 빨리 지금 당장 확인해 보라고 하셨다. 핸드폰 앨범에는 할아버지의 손으로 조금 가려진 사진이 고속 연사로 30장 정도가 있었다. 그런데 이상하게도 이 자체로 너무나 마음에 들었다.

두 딸을 입양해 키우셨는데, 한 명이 한국인이라고 하셨다. 딸 생각이 난다고 하시면서 여러 가지로 관심 있게 물어봐 주셨다. 어디를 가더라도 늘 안전하고 건강하고 즐겁기를 바란다고 하셨다. 가장 낯선 곳에서 참 따뜻한 분들이 가장 순수하고 사랑스러운 마음으로 해 주시는 응원에 힘이 났다.

세상에서 제일 예쁜 카페로 손꼽히는 이곳에서 나는 참 아름다운 순간을 만났다.

동루이스 다리 위에서 본 포르토 야경 Porto in Portugal

알맹이

—

속 안의 것은
홀로 앓기도 하다가 홀로 짓무르기도 하였다.
홀로 딱지도 얹었다가 홀로 흉 지기도 하였다.

죽어서도 사랑하는 잠언 때문일까.
인내가 쌓이고 쌓여 내가 되길 바랐다.

속 안의 것,
가끔은 뱉은 기침을 토해 내지만
단단한 진주를 품게 될 것을 믿는다.
품고 있을 것을 믿는다.

바람이 불어올 때면

—

삶에 불어오는 바람의 방향에 예민하게 반응할 수 있어야 한다. 인생에 어려움과 같은 낯선 바람이 불어올 때, 내가 지금 무엇을 해야 하는지 알아차리는 것은 살아가는 것에 있어 참 요긴하고 중요한 덕목이다. 강한 바람에 맞서 나아가야 할 때인지, 잠시 멈추고 숨을 골라야 할 때인지, 바람에 몸을 맡겨 봐야 하는 때인지 말이다.

사실, 두려움은
아무것도 하고 있지 않을 때
가장 크게 일렁인다.

하늘과 바다 사이 조각배들, Porto in Portugal

거닐다가 마주한 다리, Porto in Portugal

시간, 그리고 자유

~

상벤투역 Sao Bento, Porto

인간이 가장 자유를 느끼는 순간 중 하나는 시간의 구애를 받지 않는 순간이 아닐까 싶다. 시간을 초월하는 것이 일생일대의 싸움이 아닐까 생각해 본다. 태어나면서부터 우리는 죽음을 향해 걸어간다. 그것은 때때로 우리를 두렵게 만들고, 그렇기에 더욱 시간을 규정하고, 틀을 만들고, 컨트롤하려 안간힘을 쓰지만 그 틀은 오히려 점점 더 자신을 옥죄일 뿐이다.

청년기 때에는 이걸 꼭 해내야 해, 장년이 되었으니 이 위치엔 가 있어야 해, 중년이 되었을 땐 이 정도는 이루었어야 해, 자신을 끊임없이 틀에 삶을 우겨 넣은 그 말로에는 무엇이 있을까. 무기력하고 힘은 빠진, 자신을 늙어 아무것도 시작할 수 없다고 여기는 노인이 남을 뿐이다.

그 누가 당신이 내일 아침 눈을 뜨리라 장담을 해 주었는가. 그 누가 당신에게 일 년 후 오늘 살아 있을 거라 확신을 해 주었는가.

시간에 짓눌려 살지 않기를 바란다. 청년의 때라는 것은, 단순히 몸이 젊은 시기가 아니라 마음에 생생한 열정이 타오르며, 세상에 대한 상상의 자유가 끝이 없는 시기를 의미한다. 자신의 한계를 규정 짓지 않고 내 삶을 내가 살아 내겠다는 의지를 마음속에 품고 있는 사람이 진정한 젊은이다.

때에 따라 씨를 뿌리고, 물을 주고, 수확을 하는 일을 내던지라는 뜻이 아니다. 그 무엇보다도 당신의 삶 속에서 '지금'의 정의와 가치가 흔들리지 않기를 바라는 것이다.

시간은 당신이 살아 내며 만들어지는 것이다. 당신의 지금이 모여 만들어 나가는 것이다. 그 어떤 시간에도, 시간 때문에 무엇을 포기하지 않기를 바란다. 당신과 내가 살아 있기에 누릴 수 있는 모든 것을 청년의 마음으로 누리길 바란다.

Capela das Almas 알마스 성당,Porto in Portugal

한 장면의 색, Porto in Portugal

서로 다른 색이 모여

—

포르토는 색이 아름다운 도시였다.

하늘 아래 푸른가 보면, 붉은 지붕들이 펼쳐졌고,

그토록 붉은가 들여다보면 색색이 숨어 있었다.

다른 색들이 한데 모여 만들어 내는 장면은 참 아름답다.

그렇다. 틀린 색이 아니라 다른 색이다. 참 아름답다.

우리가 살아가는 이곳, 그리고 우리 또한 다르지 않다.

하늘 아래 서로 다른 색이 모여, Porto in Portugal

"무념무상,
생각은 때때로 정리하고 비워져야 한다."

04

Barcelona in Spain

_ 나를 찾는 여행

나를 안다는 것

우리가 살면서 배우고 터득하게 되는 것 중 하나는 인생은 선택의 연속이고, 그에 책임을 지고 살아가야 한다는 것이다.

홀로 낯선 곳에 있는 것은 엄청난 힐링이 된다거나 편안한 휴식으로만 가득 차 있는 것이 아니다. 사진 같은 멋지고 예쁜 순간들만 계속되는 것도 아니다. 그럼에도 한 발자국 나가라고 하고 싶은 이유는 지금 당신이 고뇌하고 있는 그 상황 안에서는 보지 못한 당신을 볼 수 있기 때문이다.

다 털고 여행이나 떠나라는 말은 절대 아니다.
청춘이면 배낭여행 한 번은 꼭 해야 하고, 열정은 넘쳐야 하며, 직장에 하루 종일 매여 있는 것은 멋대가리 없는 일인 데다가 이곳저곳 누비고 다녀야 멋지고 가치 있는 인생인 것 같은 트랜드는 가끔 우리를 되려 숨막히게 한다. 때론 지루하고 지치지만 최선을 다해 일상의 자리를 꿋꿋하게 지켜 가는 것은 무척이나 대단한 일이다. 자신을 한 단계씩 나아가게 하는 모든 노력은 박수받아 마땅하다. 그럼에도 당신에게 하고 싶은 말이 있다.

당신의 삶의 주체가 당신이었으면 좋겠다. 한 번 사는 인생에 있어서 내가 누구인지는 알고 살아가는 인생이었으면 좋겠다.

나를 찾는 여행은 꼭 한 번 하기를 바란다. 꼭 먼 곳을 가라는 것이 아니라, 온전히 나에게 집중할 수 있는 기회를 가졌으면 좋겠다. 여행의 좋은 점은, 나를 알게 된다는 것이다. 나는 무엇을 가장 맛있게 먹는지, 아메리카노를 좋아하는지 라떼를 좋아하는지, 모르는 사람과는 어떻게 친해지는지, 위기가 닥쳤을 때 어떻게 대처하는 사람인지, 내가 좋아하는 분위기는 어떤 분위기인지, 나는 무엇에 감동을 받는 사람인지, 무엇을 했을 때 사랑받는다고 느끼는지.

남과 비교하지 않는 자신만의 속도를 가진 당신이었으면 좋겠다. 현실에는 늘 문제가 있고 인생의 고민들은 결국 사라지지 않는다. 그럼 우리는 가만히 그 안에서 허우적대면 되는 것일까. 아니, 조금 더 지혜롭게 이끌어 나갈 수 있는 나를 만들어 나가야 한다. 우리는 자신이 누구인지 알아야 한다.

Casa Batllo, Barcelona in Spain

거리에서

바르셀로나의 거리를 처음 마주했을 때, 어느 유럽의 도시들과는 다른 이국적인 느낌과 색이 참 설레게 만들었다. 좁은 골목골목은 내가 스페인이라는 나라에 왔다는 사실을 새삼 깨닫게 해 주었고 그 골목들에 위치한 각각의 상점들은 자신만의 느낌을 가지고 있었다. 요리조리 스페인 냄새를 풍기는 것들이 즐비했다. 바르셀로나는 스페인의 행정적인 수도는 아니지만 스페인의 문화적 수도의 역할을 하고 있다는 자부심이 곳곳에서 느껴졌다.

네모반듯한 바둑판과 같은 현대식 거리와 꼬불꼬불하고 오랜 역사가 담긴 고딕 지구가 맞닿아 있고 바르셀로네타 해변까지 지니고 있어 스페인만의 매력을 듬뿍 느낄 수 있었던 도시이다. 까탈루냐 지방으로 수세기 동안 스페인어와는 또 다른 그들만의 독자적인 까탈루냐어를 사용해 왔고 자신들만의 문화를 구축해 왔다. 그 중심에 있는 것이 바로 바르셀로나이다.

자신의 색이 확실한 것은 참 멋지다. 어떠한 존재에 있어서 명확한 정체성만큼 매력적인 것은 없다. 그런 점에서 바르셀로나는 참 '매력' 있는 도시였다.

Mila House, Barcelona in Spain

1.

건물들 사이로 독특한 건물이 보였다. 누가 보아도 가우디였다. 오로지 나에게 집중하고 싶었던 곳에서, 누구보다도 확실한 자신을 드러내고 있는 사람을 만났다. 바르셀로나는 가우디를 빼고는 이야기할 수 없었다. 그는 자신의 색이 아주 확실한 사람이었다.

천재성, 가우디의 작품을 보게 되면 아무리 건축에 문외한이더라도 그 천재성을 느낄 수 있을 것이다. 그가 활용한 색, 그리고 재료를 대하는 방식은 상상력을 넘어서 천재성이 가미된 독창성과 창의성을 가지고 있었다. 하지만 그는 의아하게도 자신의 모든 작품을 미완성이라고 칭했다. 그의 손에서 탄생한 수많은 건축물, 장식, 조각들까지. 미완성이라는 말이 얄미울 정도로 완벽한 미완성이었다. 구엘공원, 카사바트요, 카사밀라 그리고 성 가족 성당까지 어떻게 하면 이렇게 도시 전체를 가우디라는 이름으로 물들일 수 있었을까.

"직선은 인간의 선이고 곡선의 신의 선이다."
"자연은 신이 만든 건축이며 인간의 건축은 그것을 배워야 한다."

건축에 대한 천재성을 넘어서 그의 작품들에 담긴 어떠한 생명성은 그의 확실한 신념과 철학, 그리고 그 바탕이 되는 자신에 대한 이해와 신실했던 신앙적인 가치관에서 비롯되었다고 생각한다. 그는 자연을 사랑했고, 존중했으며 모든 영감을 그로부터 받았다. 그 근본에는 자연을 만든 신에 대한 존경이 담겨 있었다. 이렇듯 자신만의 확실한 정체성은 남과 다른 자신만의 길을 갈 수 있는 용기를 준다.
가우디가 바르셀로나의 시립건축 전문학교를 졸업할 때, 학장은 "우리가 지금 건축사 칭호를 천재에게 주는 것인지 아니면 미친놈에게 주는 것인지 모르겠다."라고 말했다고 했다. 가우디의 작품은 당시에 이해받지 못했고, 심지어 손가락질까지 받는 경우가 있었지만 흔들리지 않았던 그의 확고한 믿음이 더욱 감탄을 자아냈다. 모두 별로라고 할 때 나 자신을 믿을 수 있는 용기가 없었다면, 현대 건축의 출발점으로 인정받는 가우디의 건축물들은 이 세상에 존재할 수 없었을 것이다.

구엘공원, Barcelona in Spain

2.

구엘 저택의 문만 보아도 알 수 있듯이 그는 철과 구리를 참 많이 활용했다. 가우디는 스페인 '레우스'라는 작은 도시에서 태어났다. 그의 아버지는 주물 제조업자였고 대대로 구리세공이 가업으로 내려온 것이다. 단순히 툭 떨어지는 것은 없다는 생각이 들었다. 이렇게 독창적이고 멋있는 작품 너머엔 가우디의 어린 시절, 열심히 구리를 세공하던 아버지의 손이 있었을 것이다.

그는 자신이 공간을 느끼고 보는 재능을 갖게 된 것은 아버지와 조부와 증조부가 모두 주물 제조업자였기 때문이라고 밝혔다. 바르셀로나에서 건축전문학교를 졸업한 후 생계를 위해서 철을 세공하는 일을 하기도 했다. 우리가 보고 듣고 느끼는 모든 것은 하루에 한 치씩 나를 형성해 간다. 이것은 참 정직하고 다행이면서도 무서운 사실이다.

3.

“어떤 일을 잘 수행하기 위해서는

첫 번째로 사랑, 두 번째로 기술이 필요하다.”

사랑은 모든 것에 우선한다.

늘 가장 믿고 가장 추구하는 가치이다. 자연과 어우러지는 그의 완벽한 작품을 볼 때면 정말 자연을 사랑했다는 것이 느껴졌다. 그의 손에서 탄생한 모든 것이 자연을 닮아 있었다. 또한 그는 신을 사랑했다. 자신의 재능에 대한 철저한 소명의식을 가지고 있었다. 이 모든 것은 가우디의

구엘공원, Barcelona in Spain

마지막 대작 '사그라다 파밀리아'에 담겨 있었다. 그가 사랑하며 살았던 것을 그가 남긴 작품을 통해 그를, 그리고 그의 삶을 우리는 알 수 있다. 우리는 평생 무엇을 사랑하며 살아간다. 그리고 무엇을 사랑하며 살았는지는 후에 돌아보게 될 살아온 삶을 통해 드러나게 된다.

나는 무엇을 이토록 사랑해야 할까.
내 손에서 만들어지는 것은 무엇을 담고 있을까.

4.
모더니즘 건축의 최고봉으로 꼽히고 있는 까사밀라와, 까사바뜨요도 무척 인상적이었다. 하지만 '구엘공원'이 참 좋았다. 구엘은 지금의 가우디가 있기까지 빼놓을 수 없는 인물이다. 구엘은 막강한 경제력으로 가우디를 만난 후 삶을 마치는 순간까지 그를 후원했다.

'백아절현'이 머리에 맴돌았다. 백아는 자신의 거문고 소리를 알아주는 친구가 죽자 매우 슬퍼하며 거문고 줄을 끊고 다시는 연주하지 않았다. 자신의 능력을 알아봐 주는 단 한 사람이 있다는 것은 인생에서 축복이라고 생각한다.

구엘은 단순히 경제적으로 돈을 대준 것의 의미를 지닌 것이 아니라 그는 가우디를 성장시켰다. 나를 믿어 주고 성장시켜 주는 그 한 사람이 존재할 때 우리의 잠재력과 가능성은 더욱 자라날 것이다.

5.

"인간의 작품은 신의 그것을 넘어설 수 없다. 이러한 이유로 사그라다 파밀리아 성당의 높이는 몬주익 언덕보다 3m 낮은 170m가 될 것이다."

성 가족 교회의 공사가 시작된 지 100년이 지났다. 그의 마지막 혼을 태우던 작품이었다. 노년에 이 성당에 온 힘을 쏟던 도중 트램 사고로 세상을 떠났다. 사고를 당하고도 행색이 너무 남루해 방치되다가 뒤늦게 병원으로 옮겨졌고 결국 죽음에 이르렀다는 사실에 마음이 많이 아팠다.

그는 죽기 전 약 40년 동안 성당에 몰두했다. 자신이 소명의식을 가지고 직업으로 삼은 일을 사랑하며, 그를 통해 다른 사람들에게 영감을 주었던 그의 삶은 우리를 일에 대해, 직업에 대해 골똘히 생각하게 한다.

"당신이 오늘 하는 그 일은 어떠한 가치를 위한 일인가요?"
완벽한 완성작이 아니라 공사 중인 이 미완성의 대작이 가우디를 더 그립게 만들었다.

사그라다 파밀리아, Barcelona in Spain

바르셀로네타 해변, Barcelona in Spain

세상은 어린 시절 듣던 동화책과는 달랐다. 생생한 아픔이었고, 기쁨이었다. 갈림길은 어김없이 찾아오고, 그 고민은 나를 불안하게도, 우유부단하게도, 결단하게도, 까칠하게도 만들지만 그럴 때일수록 느끼는 것은 다름 아닌 '내'가 결정해야 한다는 것이다.

자신의 삶에 대한 결정을 내릴 수 있는 권리이자 의무를 가진 사람은 바로 '당신'이다. 그 책임은 누구도 나누어 져 줄 수 없다. 그로 인한 달콤한 열매도, 배우게 되는 교훈도 당신의 몫이다.

그래서 더욱이 쉽지 않다. 우리는 때로 주변에 물으며 결정권을 넘기고 싶어 하기도, 은연중에 어쩔 수 없이 이렇게 결정할 수밖에 없다며 특별한 사유를 찾아 헤매고, 그것을 주변에 납득시키고 싶어 한다.

하지만 마음 깊은 곳에서는 우리 모두 알고 있다. 이 모든 것은 나의 몫이라는 사실을 말이다.

다른 사람들에게 이해받기 위해 사는 인생이 아님을 기억하길 바란다. 피하지 말고, 나의 마음을 진실되게 들여다보고, 이상과 현실을 저울질해 보기도 하면서, 그저 나에게 부끄럽지 않은 최선의 선택을 했다면 그것이 최상의 선택이다.

이 외로운 시간은 누구에게나 찾아오지만 괜찮다. 한 걸음씩 나아가면 된다. 오늘도 충분히 고뇌하는 당신은 참 잘하고 있다.
어느 길로 가야 할지 답은 당신에게 있다.

"나는 행복합니다.
당신도 행복하세요.

05

Montserrat in Spain

– 당신의 계절

Montserrat in Spain

누군가는 스무 살로 돌아가고 싶다고 했다.
나는 한 세 번쯤 살면 좋겠다 생각했다.

한 번은 배우며 한 번은 누리며 한 번은 나누며

문득
이번 생을 세 번째 생으로 생각하며 살아야지
싶었다.

Montserrat in Spain

자연을 넘어서는 재능은 없음을

몬세라트로 향하는 길, 피곤했는지 살짝 잠에 취했다가 눈을 떠 창 밖을 바라보았다. 깜짝 놀랄 풍경이 펼쳐져 있었다. 몬세라트는 가우디가 사그라다 파밀리아에 대한 영감을 받은 곳이다. 나는 이곳에 도착한 후 자연을 능가하는 인간의 재능은 없다는 것을 느꼈다.

4대 성지로 손꼽히는 수도원을 보며 한 일주일 머물 수 있다면 참 좋겠다는 생각이 들었다. 장엄한 자연에서 느껴지는 감동이 컸다. 이 낯설고 성스러운 느낌을 주는 곳에서 기도하는 마음으로 산에 올랐다. 수도원 내부에는 12세기쯤에 동굴에서 발견된 검은 성모마리아상을 보러 많은 사람들이 줄을 서 있었다. 이 성모마리아상은 카탈루냐를 수호하는 상징적인 의미를 지니고 있다. 차례대로 손은 얹고 기도하는 모습을 보며 괜스레 마음이 뭉클했다. 이곳에서 꼭 보아야 할 것 중 하나는 '에스콜라니아' 소년 합창단이다. 유럽에서 가장 오래된 합창단이라고 한다. 다행히 공연 시간이 맞아 들을 수 있었다. 10분여 간 불러 주었는데 무엇인가 조용히 씻긴 기분이었다면 과장일까.

산악 열차를 타고 산 위로 향했다.
수도원은 점점 작아져 갔다.

인생의 많은 것들도 시선의 각도에 따라 달라진다.
당장 눈앞에 크고 거대해 보였던 문제들도,
시간이 흐르고 생각이 변하면 달라져 간다.
어쩌면 대부분의 문제는 시각의 문제다.

내리자 여러 갈래 길이 보였다.
길을 따라 걸어 올라갔다.

길을 오르다 보니 인생의 많은 시간을 함께한 듯 보이는 부부가 저 앞으로 걸어가고 있었다. 서로를 의지하며 걸어가는 모습이, 센바람이 불면 서로를 붙들어 주는 모습이, 함께 걸어가는 걸음이 참 보기 좋았다.

그래, 인생은 홀로 살아갈 수 없다.
어려운 중에도 믿어 주고, 아무도 모르는 와중에 알아주고, 지치고 넘어진 가운데 일으켜 주는 사람이 곁에 있다면, 그것만으로 갈 수 있다. 세상 살아갈 수 있다.

몬세라트 수도원 in Spain

Montserrat in Spain

지금까지 참 잘 왔어요

—

말 못하게 아파 보았다면,

너무 아파서 말조차 꺼내지 못하는

사람의 심정을 알게 된 거지요.

가슴에 맺히게 억울해 봤다면,

무엇이 진실이고 거짓인지

구분할 수 있는 눈이 한 뼘 자랐을 테지요.

소중한 사람을 잃어 보았다면,

지금 곁에 있는 사람을 얼마나

사랑해야 하는지를 배웠을 거예요.

그 홀로 아프던 시간들,

힘들게 잘 이겨 온 당신이에요.

당신을 꼭 안아 주세요.

꽁꽁 언 눈이 녹아 새순이 돋고,

푸르던 잎은 붉게 물들며,

무더웠던 공기는 서늘해지고,

시렸던 바람은 결국 포근해지지요.

때가 되면 계절이 바뀌듯

당신의 계절은 분명히 올 테니까요.

지금까지 참 잘 왔어요.

여기까지 참 잘 왔어요.

Montserrat in Spain

가치 있게 산다는 것

우리는 때때로 채워지지 못할 필요가 우리를 기쁘게 만들 것이라고 생각하며 살아간다. 우리의 필요로 먹고 마시고 입는 것은 우리를 행복하게 하지 못한다. 때로 점점 더 원하고 탐욕스러워지는 모습은 세상에 흔하다.

낯선 곳에서 마음이 너그러워지고, 많은 것들이 허용되는 까닭은 이곳에 영원히 머물지 않는다는 것을 알기 때문이다. 좋은 것들만 눈에 보고 담기에도 아까운 시간이라는 것을 알기 때문이다. 그렇다면, 우리의 삶은 이와 무엇이 다를까.

톨스토이의 『사람에게는 얼마만큼의 땅이 필요한가』에서 땅을 욕심냈던 바흠이 가질 수 있는 땅은 그가 묻힌 단 '6피트'의 땅이었다. 우리는 많은 필요를 채우기 위해 노력한다. 사회적인 성공을 위해서, 부와 안정을 위해서, 명예를 위해서, 조금 더 좋은 차와 집을 위해서. 이 모든 것들이 한 인간을 궁극적으로 행복하게 만들 수 있을까. 없다.

늘 잊고 살지만 우리에게는 이 땅에서의 끝이 있다. 영원히 살 수 있는 사람은 단 한 사람도 없다. 그렇기에 삶을 무엇으로 채워야 하는 것일지, 정말 가치 있는 것이 무엇인지 늘 고민하기를 바란다.

에스콜라니아 합창단, 몬세라트 수도원

"세상에 나쁜 위스키는 없다.
좋은 위스키와 더 좋은 위스키가 있을 뿐이다."

– 스코틀랜드 속담

06

EDINBURGH IN SCOTTLAND

– 자유롭게 춤춰도 괜찮아

칼튼 힐에서 바라본 에든버러, Edinburgh in Scottland

에든버러는 스코틀랜드의 수도이자, 그 어느 곳과도 다른 에든버러만의 독특한 분위기와 경관에 마음을 빼앗기게 되는 상상력을 자극하는 도시이다. 스코틀랜드의 문화와 정치, 교육의 중심지로서 오랜 역사를 그대로 품고 있다. 스코틀랜드인들의 자긍심이 느껴지는 그 땅, 맨델스존 〈Symphony No. 3 In A Minor, Op. 56 "Scottish"〉의 영감이 되었으며 해리포터가 시작되고 끝난 마법의 땅이다.

전날, 폴란드 포즈난에서 크라쿠프를 기차로 왕복 14시간 당일치기를 한데다, 야간열차를 탔었기에 정신 없는 상태로 에든버러행 비행기에 몸을 실었다. 스코틀랜드는 있는 그대로의 것을 느끼고 싶었기에, 아무런 사전 정보도 찾지 않았다.

비행기에서 내리자 살짝 흐린 날씨가 왔구나 싶었다. 공항 이층버스를 타고 도심으로 향하는데 무심히 창 밖을 보다 점점 눈이 커질 수 밖에 없었다. 짙은 갈색의 벽돌로 지어진 집들과 도시의 분위기는 또 다른 시대로 가는 기분이 들게 했다. 그 정점엔 에든버러성이 있었다. 버스 창 너머로 에든버러성이 드러나자 정말 깜짝 놀랐다. 마치 호그와트를 보는 듯한 느낌이었다. 암벽 위에 세워진 성과 그 주위로 펼쳐진 풍경은 순식간에 그 도시를 사랑하게 만들었다.

Edinburgh castle

—

암벽 위에 자리 잡고 있는 에든버러성은 캐슬 록(castle rock) 이라는 바위로 된 산에 지어진 성이다. 예부터 요새로 쓰여진 곳으로 에든버러의 심장이라고 할 수 있다. 긴 역사 위에 세워진 까닭일까. 디즈니에 나올 것만 같은 알록달록하고 공주님이 손을 흔들 것만 같은 화려한 성은 아니지만 그래서 더 매력적이었다. 전통적이면서도 독특하며 무게감 있고 고풍스러운 성의 모습엔 누구든 마음을 빼앗길 수밖에 없을 것이다.

성에 오르니 에든버러의 시내가 한눈에 보인다. 몇몇 사람들은 베르사유 궁전이나 다른 궁전들을 많이 보았다면 굳이 안 가 보아도 된다고 했지만, 다녀온 결과 그 궁전들과는 분위기가 많이 다르다. 또한 스코틀랜드의 역사와 문화에 대해서도 잘 알 수 있게 해 놓았다.

대연회장에는 스코틀랜드의 독립을 상징하는 '운명의 돌(The Stone of Destiny)'이라는 귀한 돌이 보관되어 있는데, 스코틀랜드 왕의 대관식이면 왕으로 임명받은 사람이 왕관을 받기 위해 무릎을 꿇었던 돌이다. 잉글랜드 왕 에드워드 1세가 돌을 빼앗아 갔으나 1996년에 돌려주었다. 잉글랜드와 있었던 수많은 투쟁의 흔적이 느껴지듯 성의 단단한 느낌 또한 강했다.

성내의 가장 오래된 건축물은 12세기에 만들어진 세인트 마가렛 예배당이며, 그 외의 모든 건축물들 또한 16세기 이전의 것이다. 돌 하나하나가 역사와 함께 숨쉬고 있는 느낌이었다. 진정한 에든버러의 모습을 보고 싶다면 꼭 방문해야 할 장소이다.

어느 아름다운 날에

결혼식장 앞, Edinburgh in Scottland

에든버러에서 만나기 힘든 햇살이 기분 좋았던 날, 나는 세인트 자일드 대성당을 지나고 있었다. 세인트 자일드 대성당은 로열 마일 중심에 위치해 있다. '로열 마일'은 길의 명칭으로 과거에 왕족과 귀족들만이 이 길을 통과할 수 있었고, 길이가 약 1마일 정도 되기 때문에 로열 마일이라는 이름이 붙었다.

이 거리를 걸으며 마치 과거 즐겁게 위스키를 마시던 스코틀랜드인들이 가득한 그 시절, 그 거리를 거니는 느낌을 받았다. 또한 해리포터의 호그스미드가 존재한다면 이 거리와 같을 것이라는 생각이 들었다(실제로 소설에서 호그스미드는 스코틀랜드에 위치한 것으로 나온다).

한편 그날은 뭔가 분위기가 달랐다. 성당 앞의 시끌시끌하니 흥겨운 분위기에 발걸음을 멈췄다. 결혼식을 준비하고 있는 중이었다. 하객들은 자신들이 갖출 수 있는 모든 예의를 갖추어 예쁘게 꾸미고 왔고, 사람들의 얼굴에는 웃음이 넘쳤다. 이 정도 되는 결혼식은 꽤나 높은 집안의 결혼식이라고 했다.

즐거운 분위기 속에서 발걸음을 멈추게 했던 것은 백파이프 소리였음을 깨달았다. 모든 하객이 입장할 때까지 문 옆쪽에 서서 열심히 백파이프를 불고 계시던 할아버지께서 정말 혼신의 힘을 다하는 것이 느껴져 한참을 넋 놓고 바라보았다. 그 힘이 결혼식을 더욱 빛나게 만들고 있었다.

무엇인가를 해낸다는 것은, 남을 기쁘게 한다는 것은 나아가 감동을 준다는 것은 저렇게 정성과 열심이 들어가야 했다.

Palace of Holyroodhouse

—

로열 마일의 끝 쪽에 위치해 있는 홀리루드 궁전은 12세기 홀리루드 수도원의 예배당으로 지어진 후 16세기에 이르러 제임스 5세가 결혼식을 올리면서 왕궁으로 개축되었다.

에든버러성은 잉글랜드와 스코틀랜드의 장기간의 전쟁으로 인해 군사적 요새로서의 기능을 강화하게 되었고, 그러면서 이곳이 왕궁으로 쓰이게 되었다고 한다. 블러드 메리, 메리 여왕 이야기가 실제로 일어났던 곳이 바로 이곳이다. 잉글랜드의 침공으로 완전히 파괴되기도 했고, 화재도 났었다가 현재의 모습으로 다시 재건되었다.

Palace of Holyroodhouse, Palace of Holyroodhouse

사실 홀리루드 궁전을 오고 싶었던 가장 큰 개인적인 이유는 멘델스존 심포니 3번 스코틀랜드 때문이었다.

"옆에 있는 예배당은 이제 지붕조차 없다. 무성한 잡초와 담쟁이넝쿨로 뒤덮이고 폐허가 된 제단 위에는 스코틀랜드 여왕의 초상화가 걸려 있다. 모든 것이 무너지고, 썩고, 지붕도 없는 곳에 내버려져 있다. 나는 오늘 그곳에서 스코틀랜드 교향곡의 시작 부분을 발견했다고 믿는다."

1929년 스코틀랜드 폐허가 된 에든버러의 궁전을 방문한 멘델스존의 말이다. 그는 이 교향곡을 1842년이 되어 완성하는데 이것은 그의 마지막 교향곡이다. 이 교향곡의 영감이 된 장소를 직접 와 보고 싶었다.

Palace of Holyroodhouse, Palace of Holyroodhouse

로열마일, Palace of Holyroodhouse

에든버러의 가장 큰 매력은 길에서 찾을 수 있었다.

에든버러성과 로열 마일 쪽을 따라 구시가지가 형성되어 있고, 그 반대편으로 신시가지가 위치해 있다. 한 도시 내에서 이렇게 공존하는 모습은 에든버러만의 독특한 분위기를 자아냈다. 모든 골목골목이 품고 있는 분위기가 에든버러의 특별함을 만들어 내고 있었다.

에든버러는 'Athens of North'라는 별명을 지니고 있다. 도시가 가지고 있는 지적인 중후함을 마주하면 충분히 이해가 간다. 스코틀랜드의 정치·문화·관광의 중심지인 에든버러는 계몽주의가 시작된 곳이다. 데이비드 흄, 애덤 스미스, 프랜시스 허치슨 등 계몽주의 사상가들의 활동 무대였으며, 18세기 즈음엔 아주 활발하게 계몽주의가 발달했다. 이러한 특성은 잉글랜드에 비해서 경제적·사회적으로 뒤처졌던 에든버러를 학문과 문화의 중심지로서의 역할을 담당하는 도시로 만들었다.

"세인트 자일 대성당 옆의 사거리에 서 있으면 몇 분 안에 천재와 지식인들 50여 명을 만나서 악수할 수 있다."

이렇게 좋은 문학가와 뛰어난 천재들이 태어날 수 있었던 바탕에는 '독서하는 대중'이 있었다. 에든버러의 수많은 시민들은 좋은 글을 읽기 원했고 뛰어난 학자들에게 강연을 듣고자 했다. 이러한 대중이 에든버러에서 뛰어난 수준의 문학가들과 철학자, 그리고 사상이 탄생하게 하는 데 중요한 역할을 했다고 생각한다.

길거리 공연, Palace of Holyroodhouse

스코틀랜드에 가장 스코틀랜드스러운 음악이 울려 퍼졌다. 사람들이 가득 몰려들었다. 흥겨운 분위기에 함께 흥겨웠다. 아이들이 하나둘 나오더니 춤을 추기 시작했다. 자신의 감정을 순수하게 표현하는 아이들을 보자 그 신나는 분위기 속에서 괜스레 마음이 뭉클했다.

언제 저렇게 자유롭게 춤추어 보았지. 다른 사람의 시선에 상관없이 나의 감정에 충실하고, 표현하는 것에 얼마나 인색했는지. 더 솔직하고 당당하게 표현해도 된다. 마음껏 기뻐하고 마음껏 슬퍼해도 된다. 춤을 추고 싶으면 춤추고, 크게 웃고 싶으면 크게 웃어도 된다.

우리는 때때로 지나치게 타인의 시선 속에 갇혀 살아간다. 또 그렇게 살아온 우리는 다시금 다른 이를 내 시선에, 내 경험에 의해 만들어진 테두리 안에 가둔다.

다른 사람을 아프게 하지 않는 선에서, 내 삶의 울타리 안에서 후회없이 행복을 누리고 즐거움으로 살아가도 된다. 타인의 시선에서 우린 더 자유로워질 필요가 있다. 생각보다 큰일은 일어나지 않는다.

한 방향으로 함께 달려간다는 것

서로 마주 본다는 것

같은 곳을 바라본다는 것

이들을 바라볼 여유가 있다는 것

황금 코, Bobby

코가 빛나는 이 강아지의 이름은 'bobby'다. 보비는 목장을 지키는 개였다. 주인이 죽어 묘비도 없이 그레이 프리에어스 교회 묘지에 묻히게 되자 주인의 친구인 펍 주인 램지 부인과 묘지기의 도움으로 14년 동안 주인의 무덤을 떠나지 않고 지키게 되고, 이 감동적인 사연으로 인해 이렇게 보비의 동상이 세워지게 되었다. 보비의 코를 만지면 행운이 온다고 하여 많은 사람들은 보비의 코를 만지고 간다. 사실 진정한 행운은 보비와 같은 진정한 친구와 인생을 함께하는 것이 아닐까.

the elephant house

이곳은 많은 사람들이 사랑하는 책이 탄생한 곳이다. 바로 해리포터가 쓰여진 카페다. 에든버러성이 보이는 창가에 앉아 해리포터를 쓰던 조앤 롤링을 만나고 싶어 많은 사람들이 찾는다. 이곳에서 쏟았던 열정이 한 개인의 인생에, 또 세상에 발휘한 영향력을 생각해 보면 이것이 진짜 마법 같은 일이다. 이 카페 근처에는 맥고나걸, 톰 리들 등 주인공들의 이름을 딴 그레이프라이어스 묘지가 있다. 머무는 동안 아주 흐린 날도, 밝게 갠 날도 있었지만 햇살이 비추었던 날은 멋진 풍경에, 흐리고 안개 낀 날은 빗자루 타고 날아다닐 것만 같은 분위기로 인해 모든 날이 매력 있었다.

"런던을 지루하게 느낀 사람은
그의 인생도 지루하다.
왜냐하면 런던에는
인생을 즐겁게 해 주는
모든 것이 있기 때문이다."

— Samuel Johnson

07
LONDON IN ENGLAND
_ 가장 빛나는 순간

런던, 그리고 빅벤

도시 곳곳에 런던만의 분위기가 있었다. 빅벤은 런던을 생각하면 가장 먼저 떠오르는 곳이 아닐까 싶다. 국회의사당의 끝에 우뚝 솟아 있는 커다란 시계탑은 보는 것만으로도 설레었다. 빅벤은 '크다'의 'big'과 이 시계탑을 설계하고 공사한 '벤자민'의 'ben'을 합친 말이다. 런던을 갔을 당시, 공사 중이었으나 그 감싸져 있는 상황에서도 직접 보니 왜 빅벤인지 이유를 알 수 있었다. 런던이 역시 런던이었듯. 400년 만에 하는 빅벤 공사를 보는 것에 더 큰 의미를 두기로.

빅벤 그리고 음악, London in England

거리, London in England

읽는다는 것

밤거리의 택시, London in England

런던의 택시는 무지 비싸다. 그래서 대부분 지하철을 이용했다. 영국의 지하철엔 눈길을 끄는 것이 참 많았다. 정말 다양한 인종의 사람들이 타고 있으며 다양한 언어가 들렸다. 관광객부터 일상을 살아가는 사람들까지 유모차에 탄 어린 아기부터 두 손을 꼭 잡은 노부부까지. 그러다 가끔씩 주변을 의식할 새도 없이 서로 너무 사랑하는 남녀도 보였다.

그중에서도 가장 인상 깊었던 사람들은 무언가를 읽고 있는 사람들이었다. 신문에서부터, 두꺼운 책, 전자책, 손바닥 책, 초록색 책까지, 많은 사람들이 읽고 있었다. 포스트 잇까지 붙여 가며 열독하시던 아저씨가 아직도 떠오른다. 신문을 찬찬히 뜯어 읽으시던 옆자리 아주머니도 떠오른다. 전자책을 읽던 나이 어린 소년도 떠오른다. 와이파이는 물론 데이터조차 잘 터지지 않는 런던의 지하철이 멋스러웠던 이유는 이처럼 무언가를 읽는 사람들 때문이었다.

우리의 삶이, 사회가 잘못 돌아가는 것 같다면, 빠른 것도 중요하지만 읽는 것을 놓치고 있지는 않은지 되돌아보아야 할 것이다. 물론 어려운 건 이해하고 싶지 않고, 진실은 궁금하지 않고, 좀 더 중요한 가치 따위는 고민할 필요가 없다고 여긴다면 읽지 않아도 좋다.

읽는다는 것은
그 말만으로도 어렵지만
그 말만으로도 참 멋지다.

사라질 것들에 대하여

삶에서 우리가 사랑하고 소중히 여기는 것들의 대부분은 언제가 사라진다. 자신에게 큰 의미로 자리하는 것들이 유한하게 존재한다는 사실을 우리는 알고 있다고 여기지만, 느끼고 있지는 못하는 경우가 많다. 감사는 이를 느끼는 것으로 시작될 수 있다. 언젠간 없을 모든 것이, 사라질지라도 지금 내 곁에 있는 그 모든 것이 그렇게도 감사하다.

빨강, London in England

긍정적인 에너지

끝까지 해내는 것과 버티는 것은 다르다. 악에 바쳐 견디는 일상이 아니라, 당신이 원하는 것을 위해 작은 목표들을 이루어 가며, 소소한 행복들을 느껴 가며, 열심을 통한 성취들에 스스로 칭찬하며 나아가는 일상이 되길 바란다. 당신의 내면이 머리에서 발끝까지 긍정적인 에너지로 가득 찼으면 좋겠다. 그 에너지로 당신의 삶이 무한한 것을 일구어 내길 바란다.

일상, London in England

런던에서의 부활절

런던에서 부활절 연휴를 보내는 것이 행복했던 이유 중 하나는 바로 아름다운 역사 속 성당, 웨스터 민스터 사원에서 드리는 예배였다. 이 장소는 천 년이 넘는 시간 동안 40명의 영국의 왕이 대관식을 올렸으며, 왕실의 결혼식과 장례식 등의 큰 행사가 치러지는 곳이다. 웨스터 민스터 사원은 무척이나 아름답고 정교하며 웅장했다.

런던의 유명한 장소에서 마주하게 되는 사람들은 다양한 나라에서 여행 온 사람들이었다. 그런데 부활절 예배 시간에 맞추어 성당을 찾으니 최대한의 격식을 갖추고 예배에 참석하기 위해 줄을 서고 있는 많은 런던 사람들을 만날 수 있었다. 그들과 함께 줄을 기다리고 예배를 드리는 경험은 한 번쯤 꼭 해 볼 만한 즐거운 시간이었다.

평소에는 입장료가 있지만 예배에 참석할 때는 입장료를 받지 않는다. 하지만 일체의 관람 행위가 금지된다. 설레는 마음으로 성당에 들어서던 순간의 기분은 잊히지 않는다. 내부를 풍성하게 감싸 안던 오르간 소리와 합창단의 노랫소리는 아름다움을 넘어 성스러운 분위기를 만들어 냈다. 음악의 힘은 참 크다.

웨스터민스터 사원, London in England]

Buckingham Palace, London in England

그때

당신은
사랑이 사랑으로 족하거든
사랑했으면 좋겠다.

당신은
사랑이 당신의 소원의 보답이 필요치 않은 전부거든
사랑했으면 좋겠다.

사랑은 사랑으로 와
그 안에서 모든 것을 주겠지만

사랑이 사랑을 거두어 갈 시기가 닥친다면 자신이
휩쓸려 가지 않을 만큼의 중심이 섰을 때

그때,
사랑했으면 좋겠다.

St. Paul's Cathedral

St. Paul's Cathedral, London in England

세인트 폴 성당은 영국인들에게 의미가 깊은 성당이다. 1940년, 2차 세계대전 당시 런던 대공습이 있었다. 12월 29일, 독일 공군은 세인트 폴 대성당 부근으로 거의 30발가량의 폭탄을 떨어뜨리지만, 성당이 맞은 폭탄은 단 하나였고 떨어진 후 터지지 않았기 때문에 소방대원들이 폭탄을 제거할 수 있었다. 수많은 주위 건물들이 불타고 있는 와중에도 대성당은 꿋꿋이 버텼기에, 영국인들의 불굴의 의지를 상징하는 뜻깊은 장소가 되었다.

유명했던 찰스 왕자와 다이애나의 결혼식이 있었으며 영국의 근현대사에 있어 중요한 대소사를 함께한 곳으로 지하에는 나이팅게일, 넬슨 제독 등과 같은 영국의 위인들이 잠들어 있다. 사람은 단순히 물질적인 것으로 역사를 이끌어 갈 수 없는 존재인 것 같다. 의지와 정신, 문화적·역사적 유산을 형성해 온 사회의 일원으로 살았기 때문일까. 사유하기에 인간이 위대하다는 누군가의 말처럼 개인을, 한 가정을, 한 사회를 지탱하고 이끌어 가는 것은 단순히 수치화된 무언가로만 가능한 것이 아니다. 뜨겁고 끈끈한, 유연하고도 묵직한 그 무엇이 필요하다.

오르간 연주회를 감상하기 위해 세인트 폴 성당을 찾았다. 웨스터 민스터 사원과는 또 다른 느낌으로 거대하고 화려 한 성당은 자신의 존재감을 뿜어내고 있었다. 돔 형태의 천장을 가득 메운 벽화와 금빛으로 빛나는 정교하고 아름다운 수많은 장식들은 감탄이 절로 나게 했다. 그러한 곳에 울려 퍼지는 오르간 소리까지. 곡이 마지막 끝을 향해 달려갈 때 성당뿐만이 아니라 마음에 무엇인가 차올랐다.

London in England

조심스러웠다면

이렇게 말하면 혹시나 마음이 다치진 않을까.

이렇게 행동했을 때 어떤 결과들이 발생하게 될까.

그게 혹 누군가에게 피해가 되진 않을까.

아님 나에 대해 오해를 하게 만들지는 않을까.

조심스러웠다면,

이것만은 잊지 않았으면 좋겠다.

다른 사람의 기분만큼 신경 써야 할 것은

자신의 감정이며,

나쁘게 마음 쓰려고 눈을 가린 사람들에게

당신의 노력은 큰 의미가 없기에.

지나친 근심은 독이다.

다른 사람의 틀 안에서 살지 않아도 된다.

다만, 내가 누군가를 아프게 하지 않는다면,

자신의 눈에 부끄럽지 않게 살아간다면,

그것으로 충분하다.

아버지와 아들, London in England

감사합니다

우리 엄마는 매일같이 할아버지의 발을 닦아 드렸다.
내게 힘든 것이 엄마에게 안 힘들 리 없을 텐데.

할아버지 기억은 점점 가물어져만 갔다.
그럼에도 할아버지의 마음에 기쁨이 남아 있는 까닭은
모르긴 몰라도, 엄마의 말 때문일 것이다 생각했다.

"아버지, 감사해요."

목욕하게 허락해 주셔서, 잘 드셔 주셔서,
오늘도 하루를 평안히 지내 주셔서.
모든 것에 고맙다 말하고 또 말했다.

내가 엄마에게 받은 가장 큰 것은
감사하기 어려운 상황에서, 언제나 감사하는 것이다.

가장 따뜻하고 소중한 순간

가장 따뜻하고 소중한 순간은 우리가 알아차리지 못하는 시간들 속에 숨어 있었다. 참으로 평범한 시간 안에 있었다. 사랑으로 찬 그 시간들은 지난 후에야 알아차리곤 했다. 가장 빛나는 순간은 아직 오지 않았다고 여기며 그 순간을 위해 노력하는 만큼, 행복한 것을 행복하다고 알아차릴 수 있는 마음의 눈 또한 키워야 한다. 알고 누리며 지나도 부족하고 아쉬운 것이기에.

지금도 참 그립고 눈에 밟히는 순간들이 있다.

런던의 거리, London in England

된다

—

과감히, 조금 더 과감하게 살자.

소망을 가지고 꿈을 꾸며 그것이 매일의 삶에 행동으로 드러난다면

불가능한 것은 없다 여기며 살자.

꾸준히 또 꾸준히 그렇게 한 걸음씩 가면 된다.

처음의 그 마음을 잊지 않고 가면 된다.

한계 없이 상상하자.

커다란 그림을 그리고, 마음을 선하게 채우고,

주어진 것에 최선을 다하며 그렇게 한 계단씩 가다 보면

어느새 닿아 있을 것을 믿고 가자. 과감하게 시작하면 된다.

하늘 아래, London in England

소중했던 것들에게

—

정말 소중했던 것에게는 소중하다 전하지 못했다.
내뱉을 만큼 가볍지가 않아서.
마음 깊숙한 곳에 가라앉아 있었던 탓일까.

정말 사랑했던 것에게는 사랑한다 전하지 못했다.
이별조차 상상하지 못했기에,
사라지기 전까지는 늘 곁에 있을 거라 여겼다.

정말 고마웠던 것에게는 고맙다 전하지 못했다.
그 순간까지도 받고 있는 것이 너무도 많아
고맙단 말로는 부끄러워 얼굴마저 붉어졌기 때문이다.

매일 건너고 싶었던 다리, london bridge

코벤트가든, London in England

나는

—

나는 나 자신을 참 좋아해.

나는 내 약하고 부족한 부분을 이해하고

나아지기 위해 노력하는 내 모습 또한 마음에 들어.

나는 무엇이든 할 수 있는 사람이야.

나는 넘어져도 다시 일어설 힘이 있어.

나는 늘 다른 사람을 진심으로 대할 거야.

설사 상대가 그렇지 않다고 해도 말이야.

나는 그게 진짜 강한 것이라고 믿어.

나는 나 자체로 충분히 사랑받을 만한 존재야.

나는 많은 사랑을 받았어.

그리고 사랑을 나누며 살아갈 거야.

Millennium Bridge, London

National Gallery, London

Buckingham Palace, London in England

"세상에 나와 다른 수많은 세계가 있다고 하더라도
내 세계에서 두 발바닥 딱 붙이고 최선을 다해
행복하게 사는 것이 최고다."

런던을 다녀온 나는

고흐의 해바라기를 한 번 더 보고 싶다는 핑계로,

이번엔 맘마미아 뮤지컬을 관람하고 싶다는 핑계로,

해리포터 스튜디오를 못 가 봤다는 핑계로,

다시 한 번 런던행 비행기를 타고 싶다.

사실은 그냥 좋아서.

“보고 있으면서도
오늘 밤 침대에 누우면
꿈만 같을 시간 안에 있음이
느껴지는 순간이 있다.”

08

Paris in France

_ 사라지지 않는 것들

파리의 밤, Paris in France

첫 파리가 행복해서 다행이다

파리는 출발하기 전부터 참 발걸음이 안 떨어졌다. 몸은 찌뿌둥하고 마음은 싱숭생숭했다.

프랑스는 어린 시절부터 꿈꾸던 곳이었다. 파리와 에펠탑, 바게트와 음악, 그리고 수많은 예술 작품. 혹자는 파리 자체를 예술 작품으로 보기도 하지만 나에게 있어서 가장 큰 프랑스의 의미는 엄마가 20대를 보낸 나라라는 데 있다. 지금의 나와 비슷한 나이의 엄마는 어떠한 것을 느끼고 보았을까, 이것이 내가 프랑스로 향한 가장 큰 이유였다.

"나도 프랑스 갈래, 나도 에펠탑 보고 싶어."

어릴 적부터 입에 달고 다닌 말이었다. 그렇지만 이상하게 엄마와 함께 떠나려 할 때면 큰일이 생겼다. 그래서일까. 마냥 기쁜 마음은 아니었다. 또 너무 큰 기대에 혹시나 실망이 클까 걱정도 되었다. 너무 좋아하는 것은 굳이 현실에 들이고 싶지 않은 것처럼.

다행스럽게도
파리는 참 사랑스러웠다.

밤이면 센느 강변을 따라 앉은 사람들의 즐거운 이야기 소리가 도시를 채웠고, 어디에서나 보이는 에펠탑은 매일 보아도 설렜으며, 파리는 밤이면 몇 배는 더 아름다워졌다. 벼락치기한 〈미드나잇 파리〉 덕분일까, 귀에 꽂고 다닌 배경음악 때문일까. 홀로 영화 속을 거니는 듯한 기분에 꿈같은 시간이었다.

이곳에서의 생활은 현실적인 삶이 아니기에 그저 꿈으로 끝날 일이라 여겨질 수 있다. 하지만 이곳에서 배운 것은 내가 어느 곳에 있든지 이런 가벼운 마음으로 살 수도 있지 않을까, 그 가능성이었다.

인생엔 정답이 없으니까요

누군가는 채식이 몸에 좋다고 하고, 누군가는 사람은 고기를 꼭 먹어야 한다고 한다. 누군가는 사람을 많이 사귀어 많은 것을 배워야 한다고 하고, 누군가는 꼭 필요한 몇 사람만 있으면 된다고 한다. 원하는 것이 있다면 돌진해 쟁취하라는 사람이 있는가 하면, 찬찬히 이것저것 보고 느끼며 천천히 살아야 맞다는 사람이 있다. 어떤 이는 인생은 차분히 쌓아가는 것이라 하는 반면, 인생은 분명 한 방이 있다는 이가 있다. 매 순간을 꼼꼼히 소중하게 살아야 한다고 하는 사람이 있다면, 널브러져 누워 있는 것 또한 가치 없는 인생이 아니라는 사람이 있다.

이 중 정답이 있을까.

인생엔 정답이 없다. 누군가 풀어 제출하라고 내어준 시험 문제가 아니다. A아니면 B, 사실 대조되는 상황들도 그 반대의 상황이라고 볼 수 없다. 오늘을 열심히 살고 내일은 쉬어 갈 수도 있는 것이 인생이다. 문제를 찾자면 내가 정답이라는 생각이 문제일 것이다.

Eiffel tower, Paris in France

몽마르뜨 언덕에서의 어느 오후, Paris in France

파리의 밤은 낭만이어서

—

〈아를의 별이 빛나는 밤〉이 왜 그려졌는지 이해되는 순간이었다.

그림에 들어와 있는 것 같았다. 보고 싶은 사람이 많았다.

초승달이 떴고, 'I love penny sue'를 들었다.

강변의 그들은 춤을 추었고,

난 강을 가로질렀으며, 파리의 불빛은 물결을 살살 긁었다.

이 시간에 떠올릴 수 있는 소중한 사람들이 있음에 감사했다.

밤에 센느강에서, Paris in France

Pont-neuf, Paris in France

퐁네프처럼

파리의 센느강에는 시테섬과 연결된 파리에서 가장 오래된 다리가 있다. Pont-neuf, neuf는 '새로운'이라는 뜻으로 직역하면 새로운 다리라는 뜻을 지니고 있다. 세워질 당시 기존에 만들어지던 다리들과는 다른 방식으로 세워졌기 때문에 이러한 이름으로 불리게 되었다.

프랑스에는 '퐁네프처럼'이라는 표현이 있는데, 이는 오랫동안 변함없고 한결같다는 뜻을 가지고 있다. 새로운 다리로 만들어졌던 다리는 이젠 파리에서 가장 오래된 다리가 되어 한결같은 마음을 뜻하는 표현으로 사용되고 있었다.

나는 변함없이 한결같은 사람이 좋다. 앞과 뒤가 같은 사람이, 진심을 전했을 때 진심으로 돌려주는 사람이 좋다. 항상 조금 더 단단해지고자 늘 보상을 바라지 않고 주는 마음을 가지고자 하지만 언제나 쉽지 않다. 나는 우리가 조금 어려운 길을 갔으면 좋겠다.

몽마르트 언덕, Paris in France

Montmartre

—

몽마르트 언덕에서 파리 시내를 바라보며 피크닉을 하는 장면은 파리를 찾는 많은 사람들의 로망이 아닐까 싶다. 이곳은 두드러진 명과 암을 지닌 장소였다. 수많은 예술가들의 숨결이 담긴 장소이자, 파리 초대 주교

였던 생 드니가 기독교를 전하다 참수를 당한 장소로 전해진다. 이외에도 수많은 파리의 역사를 함께한 곳이다.

이 몽마르트 언덕의 꽃은 사크레-쾨르 대성당이다. 오르세 미술관의 시계 바늘 사이로 보이던 파리에 우뚝 솟은 이 성당이 지어진 배경에는 프랑스 정부가 민중들의 반란을 잔인하게 진압했던 'blood week'가 있다. 보불 전쟁이 패하고 이 대학살이 일어나자 파리는 슬픔에 잠겼고, 이를 위로하기 위해 모인 기금으로 지어지기 시작한 성당이 사크레-쾨르 성당이다. '신성한 마음'이라는 뜻을 지니고 있다. 오랜 역사의 삶이 닿아 있는 곳이었다.

"나 몽마르트 언덕이야."

나보다 엄마가 더 좋아하는 것 같은 건 기분 탓일까. 이십여 년 전, 프랑스에서 공부하던 엄마를 찾아 할머니가 방문했었고, 할머니께서 가장 좋아했던 곳이 사크뢰-쾨르 성당이었다고 했다. 신성한 마음, 지금껏 내게 가장 신성한 마음은 순수한 사랑이다. 할머니에게 받았던 순수한 사랑, 나도 할머니와 함께 이곳에 올 수 있는 기회가 있었다면 얼마나 좋았을까. 나중에 엄마랑은 꼭 다시 와야지 싶었다.

늦은 오후, Paris in France

바르게 보는 것

'바로 보는 것'은 무엇보다도 중요해요.
현실의 상황이든, 남의 문제든, 나의 문제든 말이에요.

우리는 때론 숨고 싶지요.
지금 닥친 문제를 피하고 싶은 마음 말이에요.
시험 날이면 찾아오는 두통처럼요.

두려워해서는 아무것도 바꿀 수 없어요.
자신에게 정직하세요.

나를 둘러싼 것을 바로 보고
조금씩 좋은 나를 만들어 가세요.

삶을 통해 쌓은 지혜가
불운함에 대처할 수 있는 가장 큰 자산이니까요.

당신이 상처를 준 사람에게

—

당신이 상처를 준 사람이 있다면 진심으로 사과하세요.

누군가를 아프게 한 당신의 모습을

마주하는 것이 힘들고 어렵겠지만

자신을 위한 사과는 상대를 더 아프게 하는 거예요.

자신을 위한 합리화는 말할 것도 없지요.

마음 심보를 착하게 가지세요.

털어내는 것은 상처를 준 사람이 해야 할 일이 아니에요.

다시는 남을 아프게 하지 마세요.

이것을 바탕으로 한층 성숙한 사람이 되길 바라요.

노트르담 성당과 봄, Paris in France

콩코드 광장, Paris in France

이유

~

아무 일 없이 편안하게 잠들 수 있는 밤이
얼마나 행복한 것인지
시달려 끙끙대던 밤이 있었기에
알 수 있는 것이었다.
빛이 있기에 어둠이 있고
슬픔이 있기에 다시 웃음을 기뻐하듯이.
매일 내려쬐는 사막의 태양보다,
일주일 내 비가 왔던 어느 날,
하늘이 맑게 갠 후 무지개 틈으로 비치는 햇살이
더욱 감사한 이유다.

피라미드, Paris in France

꿈꾸던 피라미드에서

모나리자 앞이었다. 누가 봐도 모나리자가 이 방에 있다는 사실을 알 수 있었다. 작품이 보여서였을까. 아니, 그 앞에 무수한 사람들이 장사진을 이루고 있었기 때문이다. 수많은 사람들이 모나리자 한번 찍겠다고 아우성이었다. 다들 그러니 그래야 할 것만 같아 사진을 찍으려 앞으로 나서다 멈춰 섰다. 모나리자보다 먼저 눈에 들어온 것은 한 여자분의 뒷모습이었다. 그분은 휠체어를 타고 계셨다.

가장 신비하고 아름다운 미소로 여겨지는 모나리자의 그 미소와 마주

보고 있는 뒷모습을 보며 삶이 그러한 미소로 그녀를 바라보고 있는 듯한 인상을 받았다.

삶은 공평하지 않다. 우리 모두 알고 있는 사실이다. 그러나 삶은 한 사람에게 특별한 단 하나의 그 무엇이다. 모두에게 똑같이 주어지지 않기에 우리는 자신의 삶에서 그 특별한 무언가를 발견해 나가는 것이다.

어느 순간에는 왜 이렇게 힘든 일이 생기는 걸까 원망스러웠다. 가족 모두가 건강하고, 사람은 따뜻하고 진실된 사람들만 만나며, 원하는 일에만 열심일 수 있는 상황은 왜 주어지지 않았을까.

조그마한 일을 이기고 견디면 탄탄대로가 펼쳐지지 않는다. 조금 더 큰 일이 온다. 그것을 잘 풀어내면, 다음 계단이 술술 올라가질까? 아니, 조금 더 큰 산이 온다.

그러나 어느 순간, 처음의 내가 해내지 못했을 것들을 해내고 있는 나를 마주할 수 있다. 고난이 없는 인생은 없다. 그 자리에 머무르고자 하면 한없이 가만히 있을 수 있는 것이 사람이다. 살아가면서 마음의 그릇을 키워 가야 한다. 무거운 짐을 걱정할 것이 아니라 얇은 팔을 걱정해야 할 것이다.

무거운 짐을 걱정할 것이 아니라 얇은 팔을 걱정해야 할 것이다.

에펠

그렇게 예쁘다던 어두운 밤의 반짝이는 에펠도, 해 질 녘이면 아름다운 노을 속에 있던 꿈같던 에펠도, 바토무슈를 타고 보았던 에펠도, 밝은 햇살과 푸른 하늘 아래 있던 에펠도, 결국엔 다 같은 에펠탑이었다. 한결같이 예뻤다.

나도 나이기에 너도 너이기에
한결같이 사랑스럽고, 소중하며, 아름답다.

사라지지 않는 것들

본래 소중한 것이 삶을 살아가면서는
치열함과 열정, 계획과 성취라는
이름에 밀려 사소함이 되어
종종 우리의 머리 속에 서 잊히곤 한다.

잠시.
하지만 분명 사라지는 것은 아니다.

본디 진실된 것이 없이는
인간은 온전한 삶을 영위할 수 없다.
순간순간 기억해야 한다.

멈추고 사색해야 하며,
퍼질러져 글을 읽어야 하고
음악이 흘러 나오면 춤을 춰야 한다.
마음엔 그리워하는 이가 있어야 하며
언제나 누군가를 사랑해야 한다.

파리의 푸른 그늘, Paris in France

당신을 지켜 왔고 지켜 나갈 것들은

어떤 시절은 무엇이든 어려웠다.

자주 넘어지기도 하였기에 무릎은 줄곧 까져 있었다.

쉽게 믿으면 그만큼 상처도 많이 받는다. 그를 위하는 마음과 그가 나를 생각하는 무게가 참 다르다는 사실을 바라보게 되는 것만큼 마음 아픈 일이 없다. 세상엔 참 이기적인 이가 많았다. 사람에 대한 기대는 없다.

다만, 바라보다 보면 안쓰럽지 않은 사람은 없었다. 모두가 겪어 내며 살아가고 있었다. 상처를 덧나게 두는 사람, 상처가 곪은 사람, 자신의 상처로 인해 다른 이를 상처 주는 사람, 자신이 상처를 주고 있다는 사실을 모른 채 주고 있는 사람, 자신의 상처를 인정하는 사람, 자신의 상처를 치유하는 사람, 자신의 상처를 딛고 일어서는 사람, 다른 이의 상처를 알아채는 사람 그리고 다른 이의 상처를 치유하는 사람.

쉽지 않다. 그래, 많은 것은 쉽지 않았다. 이것 또한 저것 또한 쉽지 않을 것이다. 사람을 믿으면, 그래, 또 아플 수도 있을 것이다.

그럼에도 불구하고, 나를 여기까지 끌고 온 것은 사랑, 헌신, 믿음, 배려 따위의 것이었다. 나를 둘러싸고 있는 모든 것은 그런 것들로 이루어져 있었다. 나를 지켜 오고 지켜 나갈 것들은 진실된 것이었다. 나만 보며 살지는 않아야겠다고 두터운 가면은 애초에 쓰지 말아야겠다고 오늘도 마음으로 내뱉는다.

자신의 한쪽 뺨을 때리거든 나머지 한쪽 뺨을 내어주라는 마음은 어떠한 사랑인 것일까. 내 안에 있는 것 중에 그 사랑이 있을까.

함께 손잡고 걸어가는 길, Paris in France

대성당의 시대

어린 시절 뮤지컬 〈노트르담 드 파리〉에 '대성당들의 시대'를 들으며 심장이 마구 뛰던 순간들이 있었다. 유리와 돌 위에 인간은 그들의 역사를 쓰고 돌 위엔 돌들이 쌓이며 그렇게 새로운 천 년을 맞고 또 무너진다는 노랫말과 멜로디를 들을 때면 마음이 요동쳤다. 가장 낮은 곳에서 하찮다 여겨지는 일을 하는 종지기에다 꼽추인 콰지모토의 진실함과 대성당의 대주교의 이중성과 욕망에서 비롯되는 비극은 진정 봐야 할 본질은 무엇인지, 저 이중성에서 과연 우리 중 누가 자유로울 수 있을지 고민하게 했다.

뮤지컬의 배경이 된 혼돈의 시기였던 15세기 말의 파리, 인간의 폭력성과 이중성이 드러나던 그 시대와 우리는 다르다고 할 수 있을까. 사회적인 지표가 무엇보다 중요하고, 빠르게 흘러가는 흐름 속에서 상대의 내면은 물론이고 자신의 내면조차 들여다볼 시간이 없다. 내가 어떻게 보일까 고민하느라 주변을 둘러볼 여력은 없으며 상처받은 이들은 남을 속단하기에 급급하다. 이에 우리 모두 자유로울 수 없다.

한 세대는 한 시대를 만들고, 나는 우리가 만들 한 시대 가 조금 더 정직하고 진실한 시대이길 바란다. 늘 마음속에 따뜻한 불씨 하나쯤은 간직하고 있길 바란다.

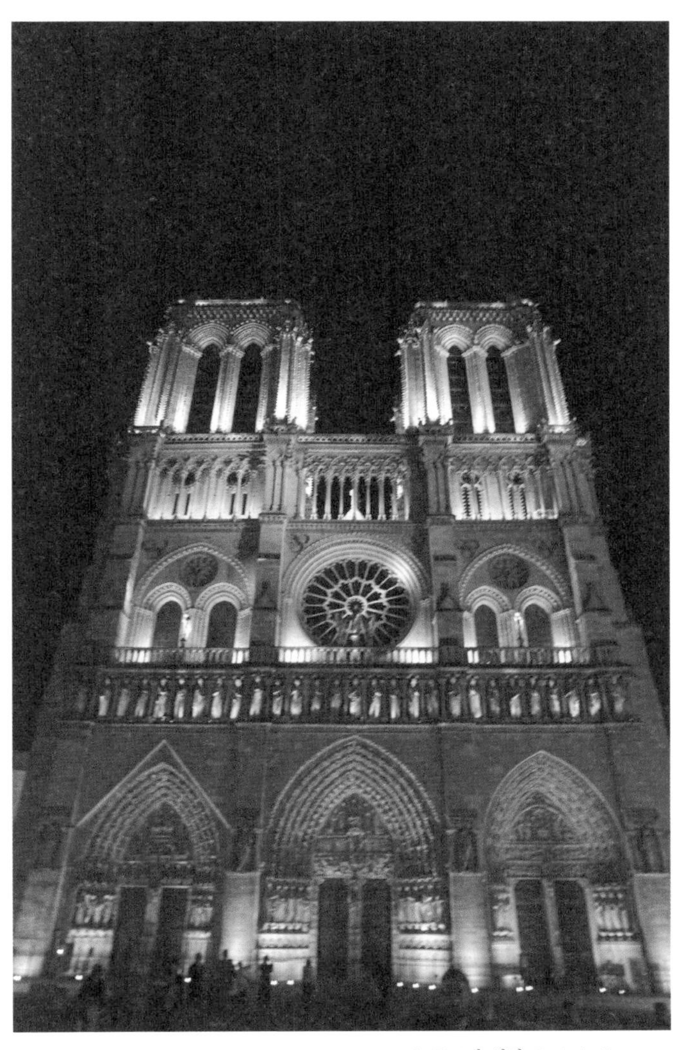

노트르담 성당, Paris in France

따뜻한 이야기, Paris in France

행복

—

삶에 있어서 당연한 것은 하나도 없어요.

하루가 끝날 무렵,

당신의 이야기를 궁금해하는 사람이,
진심 어리게 들어 주는 사람이,
조용히 위로해 주는 사람이 있다는 것은
무척이나 행운이자 행복이에요.

오늘 당신을 행복하게 만든 것은 무엇인가요.
가장 감사한 것은 또 무엇인가요.

Paris in France

Musee d'Orsay, Paris

Arc de Triomphe, Paris in France

성장

—

성장한다는 것은

자신의 가치를 끊임없이 확인하는 과정이다.

다른 사람의 눈에 가치 있어 보이는 것보다

중요한 것은 내가 나 자신을 가치 있게 여기는 것이다.

내가 만족하지 못하는 백 점과

내가 만족하는 팔십 점은 하늘과 땅 차이이다.

성공도, 행복도 절대적인 기준은 없다.
성공한 삶과 실패한 삶
행복한 삶과 불행한 삶
삶은 이렇게 이분법적으로 나누어지지 않는다.

성공할 때가 있으면 주춤할 때가 있고
행복한 가정에도 고난은 찾아온다.

주춤할 때면,
내가 놓치고 있는 건 없는지 돌아보면서
고난이 올 때면 지녔던 행복에 더욱 감사하면서
그렇게 삶을 다져 가면 된다.

나만의 무언가를
만들어 가고 있다면,
발견해 가고 있다면
잘 이겨 가고 있다면
삶의 중심이 서 있다면

그것으로 충분하다.

"내 그림과 꽃 이외에
이 세상의 그 어느 것도
나의 관심을 끄는 것은 없다."

– 클로드 모네

09

Giverny/Au-vers sur oise/ Versailles in France

– 삶의 진정한 가치

모네의 집, Giverny in France

모네의 화실, Giverny in France

Giverny

—

노르망디엔 500여 명 정도 모여 사는 아름답고 작은 마을이 있다. 이 마을의 이름은 지베르니. 이곳에 가면 미술을 잘 모르는 사람이라도 한 번쯤 들어 봤을 화가, 모네의 집을 만날 수 있다. 아름다운 정원과 자연, 그의 집은 따뜻하고 포근했다.

자신의 재능과 노력을 통한 성취, 그에 따른 명예, 가족에 대한 사랑, 그렇게 사랑하던 정원을 가꾸며 그림에 담으며 살았던 그의 삶은 인간으로서 참 누리고 싶은 삶의 모습이었다.

이것은 결코 쉬운 일이 아니다. 모네를 지베르니에 정착하게 만든 배경엔 사랑하는 부인 카미유의 죽음이 있었고, 그는 태양이 떠오를 때부터 질 때까지 캔버스를 바꿔 가며 하나의 대상을 그렸다고 한다.

하루 종일 빛을 보았기에 모네의 시력은 큰 손상을 입었고 말년엔 백내장으로 거의 시력을 잃게 되었다. 그러면서까지 붓을 손에 놓지 않은 사람이었다.

그 어느 순간에도 자신의 삶을 놓지 않는 것이 중요하다.

작품 〈수련〉의 실제 배경, 모네의 정원

자연

—

풍요로움과 가장 어울리는 단어는 '자연'이었다.

삶이 지치고 고단할 때,

자연으로 잠시 돌아가길 바란다.

언제나 안길 품이 있다는 사실을 기억했으면 좋겠다.

따뜻한 햇살과, 아름다운 자연의 색, 살랑이는 바람,

우리의 정신과 내면을 치유하는 데

이와 같이 좋은 것이 없다.

수선화는 수선화일 때 가장 아름답다.

자연의 모든 것은
각각 그것이 그것이기 때문에 가장 아름답고 가장 빛난다.

수선화는 수선화대로, 튤립은 튤립대로.
사과나무는 사과나무대로, 강물은 강물이어서,
하늘이기에.

이것은 매우 큰 위로가 된다.
우리 모두 자연의 일부이기 때문이다.

모네의 정원, Giverny in France

AUVERS-SUR-OISE

"이 남자는 미치게 되거나, 아니면 시대를 앞서가게 될 것이다."
– 카미유 피사로

오베르 마을은 파리에서 약 27㎞ 정도 떨어진 작은 마을이다. 고흐, 세잔 등 여러 화가들이 정착해 예술 활동을 하였던 곳이다. 하지만 많은 사람들이 이 마을을 찾는 주된 이유는 고흐의 마지막 70일이 담겨 있는 곳이기 때문이다.

고흐가 미술에 발을 들인 것은 20대 후반이라는 비교적 늦은 나이였다. 그 후 서른 일곱이라는 이른 나이에 스스로 죽음을 선택하게 된다. 이 자그마한 마을에 70여 일을 머물며 고흐는 70여 점의 작품을 남긴다. 그의 마지막 숨이 담긴 장소는 그의 삶을, 그리고 나의 삶을 다시 돌아보게 한다.

오베르의 시청(The Town Hall at Auvers), 반 고흐가 머물 던 라부 여관(Auverge Ravoux), 오베르 쉬르 우아즈의 교회(L'Eglise d'Auvers-sur-Oise), 까마귀가 나는 밀밭(Wheat Field with Crows)이 그려진 장소, 그리고 고흐의 무덤까지.

오베르 쉬르 우아즈의 교회, France

반 고흐의 무덤, Giverny in France

빈센트 반 고흐는 말했다

"사람을 사랑하는 것보다 더 예술적인 것은 없다."

지금껏, 그리고 앞으로 당신은 무엇을 향해 순수하고 강력한 열정을 발현하고 노력하고 불태울 것인가. 어떻게 하면 그러한 삶을 살 수 있을까. 모든 뛰어난 것의 바탕엔 사랑이 있다고 생각한다. 오기, 시기, 질투, 욕망 등 모든 부정적인 감정으로 이루는 것에서는 진정한 가치를 찾을 수 없다. 가장 위대하고 빛나는 것은 사랑에서 시작된다.

당신이 삶을 더욱 사랑하길 바란다. 당신이 당신의 학업과, 직업, 배우자와 자녀, 부모님과 자신을 사랑하기를 바란다. 사랑으로 일구어진 가장 가치 있는 것들이 당신의 삶에 넘쳐 흐르기를 바란다. 비극으로 여겨질 수 있는 반 고흐의 삶에서 역설적으로 우리는 삶의 진정한 가치를 찾게 된다.

베르사유의 궁전, Versailles in France

CHATEAU DE VERSAILLES

—

태양왕 루이 14세가 완성한 궁전이다. 화려한 만큼 짙은 그림자가 있는 역사 속, 절대 왕권이 무엇인지, 얼마나 화려하고 거대하며 호화로웠는지 여실히 드러나는 곳이었다.

그토록 유명한 베르사유 궁전의 정원의 풍경, 어느새 그 화려했던 시대는 막을 내렸고, 수많은 사람들이 가족과 함께 여유롭게 이곳을 즐기고 있었다.

모르긴 몰라도 그 시절보다 이 모습이 더 평안하고 아름다우리라 생각해 본다.

베르사유의 정원, Versailles in France

La galerie des Glaces

거울의 방, Versailles in France

베르사유의 궁전에서도 유명한 거울의 방. 궁전 자체도 루이 14세가 지금껏 가장 화려한 궁전을 지으라고 명령하자, 50년 동안 막대한 자본을 들여 지어졌는데, 그 궁 안에서도 가장 화려하다 여겨지며 프랑스의 굵직한 역사들과 함께한 유명한 방이다.

거울과 창문이 정확하게 대칭을 이루고 있으며 아름다운 샹들리에를 바라보고 있으면 감탄이 절로 나왔다. 또한 창 밖으로 보이는 정원과 대운하의 모습 또한 장관이다.

화려한 궁전에서 수많은 방을 보고 왔지만 이 방이 가장 화려했다. 방을 떠나고 싶지 않았는데, 이러한 마음은 편안하고 좋아서라기보다는 무언가에 홀린다는 느낌이 더 맞을 것 같다. 여기서 먹고 마시고 춤을 춘다면 무슨 기분이 들까.

17개의 아치형 창문과 그 맞은편에 17개의 아치형 거울이 마주 보고 있었다. 창을 통해서 들어온 햇살은 거울에 반사되어 더욱 눈부시게 만들었다.

동시에 이곳을 누렸을 그 강했던 권력과 힘은 더 이상 존재하지 않는다는 사실이 새삼 느껴졌다. 사람에게 있어서 물질적으로 영원히 가질 수 있는 것은 없다. 그러한 것을 좇는 삶을 살 때 허무감은 동반될 수밖에 없다. 이 방은 황금빛으로 눈이 부시게 빛나고 있었지만 이상하게도 부럽지 않았다.

"Seek the truth, hear the truth, learn the truth, love the truth, speak the truth, hold the truth and defend the truth until death."

"진리를 찾으라. 진리를 들으라. 진리를 배우라. 진리를 사랑하라. 진리를 말하라. 진리를 지키라. 진리를 수호하라. 죽을 때까지."

– Jan Hus(얀 후스, 체코의 종교개혁가)

10

Praha in Czech Republic

_ 따뜻한 쉼

프라하의 구시가지, Praha in Czech Republic

다른 것에 이끌리지 않고
스스로 일으키거나 움직이는,
또는 그런 것.

"삶의 고삐를 자신이 쥐기 위해서는 어떻게 해야 하는 것일까?"라는 질문에 혹자는 당장을 즐겁게 사는 것이 답이라고 했다. 과연 미래는 생각하지 않고 현재를 즐기며 살아가는 것이 자신의 삶의 주인이 되는 길인 것일까.

능동적인 삶이란 나만 생각하며 내가 하고 싶은 것만을 하고 사는 삶의 태도가 아니다. 자신의 삶의 주인이 된다는 것은 책임을 수반한다. 그것도 무거운 책임. 우리는 현재를 잡을 수 없는 존재다. 현재라고 생각했던 지금 이 순간도 금방 과거가 되고, 그 과거들은 나를 이루어 미래를 형성해 나간다.

삶은 불행하게도 낭만과 행복만 가득 찬 세상을 살아가는 것이 아니다. 때론 어떻게 해야 할지조차 모를 만큼 아픈 일들이 일어나지만, 어떠한 상황 속에서도 자신만의 걸음으로 걸어가야 하는 길이다. 지금까지 걸어온 길과 앞으로 걸어갈 길, 그 가운데에서 이 걸음에 책임을 지겠다는 용기 있는 각오가 있을 때 우리는 도전도, 성장도 가능하다. 고통에도, 행복에도 책임이 필요하다.

그 더러운 기억을 벗겨 내려 벅벅 문지르다 생채기가 났었다. 삶을 배웠다거나 더 성장했다 치부하기에는 나의 아픔이 컸고 길었다. 진심과 진심의 만남이 얼마나 귀한 것인지에 대해 깨달았지만 값이 컸다. 잊기가 힘들었다기보다는 잊히지 않았다 하는 게 맞는 말이리라. 나아지고 있는 것은 알았다. 나의 단단함을 믿었다. 그러나 흉터는 여전했다. 짓무르지 않도록 살살 달래 가며 안아 가며 울어 가며 그렇게 견뎌 냈다. 정말 이것을 놓으려면 얼마의 가을볕을 맞아야 할까. 나는 아직 모른다.

그날의 분위기, 프라하의 구시가지, Praha in Czech Republic

하루, 그 색

해가 질 무렵의 색이 참 좋다. 붉게 타오르지도 차갑게 푸르지도 않는, 서서히 물들어 가는 그 느낌이 따뜻하다. 희망찬 새 출발도 쉬게 하는 어둠도 아니지만, 천천히 정리하게 하는 그 다독임이 좋다.

하루를 정리하는 색, Praha in Czech Republic

프라하성, Praha in Czech Republic

오늘도 참 고생했어요

오늘 하루에 대한 의심으로
잠을 설친 시간이 있습니다.
결국은 나에 대한 불신이었을까요.

나름 최선을 다했다고 달렸는데,
왠지 모를 조급함에 자신을 다그치곤 했습니다.

조급함을 놓으세요.
하루를 열심히 보낸 당신에게
지금 필요한 것은 따뜻한 쉼입니다.

당신은 충분히 잘하고 있습니다.
자신을 조금 더 믿어 주세요.

오늘도 참 고생했어요.

프라하성에서 바라본 프라하, Praha in Czech Republic

해는 다시 뜬다

아프고 힘든 일도 많았지만 많은 것을 누릴 수 있는 기회 또한 많았다. 최선을 다했고 어떠한 형태로든 여기까지 왔다. 어떤 것은 노력한 만큼의 결과로, 어떤 것은 넘치는 결과로, 해도 해도 안 되는 줄 알았던 것은 내가 생각지 못한 방법으로 내 삶을 바꾸었다.

세상에 쓸모없는 경험은 없다. 중요한 것은 내 태도와 생각과 관점이다. 모든 것이 밝고 희망차게 다가오지 않는다. 고통과 슬픔, 시련과 인내는 인생의 한 페이지다. 벅벅 지워 내고 싶은 순간까지도.

내가 이 순간을 즐기고 있듯 언젠가 해는 뜬다.
지금 난 감사하다.

내 앞에는 또다시 먹구름이 낀 날이, 비바람이 몰아치는 날이, 태풍이 부는 날이 다가올 것이다. 하지만 겨울이 가고 봄이 오듯 또 해가 뜨리라는 것을 믿는다. 또 이렇게 밝은 날을 보리라는 것을 믿는다. 이 세상보다 무거웠던 일도 그저 어제 잊은 한 시간과 같아지는 시절은 온다.

만약

'만약'이라는 단어는 사람의 감정을 움직인다.

그 사건 속으로 그 시간 속으로 빨려 들어가게 만든다.

만약 그랬더라면, 만약에 그 일이 일어났더라면,

혹은 벌어지지 않았었더라면.

인생은 수많은 '만약에'를 품고 있다.

프라하의 연인, Praha in Czech Republic

좋다

지극히 나에게 의미 있는 것들이 좋다.
진심이 값싸게 취급받는 현실이라고는 하지만,
가장 진심 어린 것이, 크고 넓은 꿈을 꾸는 것이,
다정하고 넉넉한 것이,

세상의 찬바람을 견디게 하는
소중하고 따뜻한 것이 좋다.

Praha in Czech Republic

"나는 특별한 게 전혀 없는 사람이다.
나는 화가이고, 매일 아침부터 저녁까지
그림을 그릴 뿐이다."

– 구스타프 클림트(Gustav Klimt)

11

Wien in Austria

_ 오늘 그리고 지금

어떠한 목적을 가지고 목적지로 향하는 발걸음은 그저 흘러가는 대로 가지는 것과 또 다른 매력이 있다. 세계 3대 오케스트라를 모두 직접 보고 싶다는 버킷 리스트를 위해 빈 필하모닉 오케스트라의 공연을 보는 것이 빈을 찾은 가장 큰 이유였다.

맨 앞자리에 앉아, 지휘자의 첫 박을 주는 숨소리를 듣는 순간부터 곡이 마치고 박수를 치는 순간까지 꿈같이 지나갔던 순간이었다. 각 파트 수석들의 연주를 코앞에서 보면서, 그들의 표정, 연주하는 핑거링, 활 쓰는 방식, 직접적으로 다가오는 생생한 소리, 지휘자의 숨소리까지 느낄 수 있었다. 마치 내가 함께 연주하는 기분이 들 정도로 넘치게 행복했다. 늘 느끼지만 사람이 자신의 좋아하는 것과 함께하는 시간은 시간의 개념이 다르게 흘러간다.

말러 교향곡5번, 시작하기 전 앉아 있는데 심장이 두근거렸다. 이번 공연을 위해서 지난 이 주 동안 틈만 나면 베를린 필하모닉의 말러 5번을 들었다. 음반에 비해 혹시나 실망을 하면 어쩌나 고민했었는데 참 쓸데없는 고민이었다. 1악장의 트럼펫 솔로가 울려 퍼지는 순간이 제일 설렌다. 모든 것에 있어서 강렬한 시작은 몰입하게 한다.

말러 5번의 음악적인 특징과 특별성은 정말 여러 부분에서 두드러지고 많은 사람들에 의해 해석되지만 음악을 들을 때마다 느끼는 것은 지식적으로 얼마나 아는지가 아니라 들으며 얼마나 나를 투영시키는가, 내가 이 음악을 통해 무엇을 느끼는가, 어떠한 위로를 얻는가, 함께 웃고 울 준비가 되었는지가 중요하다는 사실이다.

말러는 말했다. “언젠가 나의 시대가 올 것이다.” 본질적으로 자신에 대한 믿음이 없다면 입 밖으로 표현될 수 없는 말이라고 생각한다. 어디서나 느꼈던 것은 나 자신에 대해서 아는 것이 삶의 상당수 많은 부분에 있어서 절대적인 중요성을 가지고 있다는 것이다.

빈필하모닉 오케스트라, Wien in Austria

포장지는 필요하지 않다

부족한 자신을 포장하면 할수록, 포장지에 더욱더 값비싼 대가를 치러야 할 뿐이다. 그 포장지는 결국 낡고 헤져 마지막에 남는 것은 더욱 초라한 자기 자신이다.

누구든 완벽한 사람은 없다. 부족한 자신을 마주하고, 인정하고, 사랑하는 것만으로도 많은 것은 변한다.

쇤부른 궁전, Wien in Austria

오늘

~

내일에 기대지 않는 것. 우리는 때때로 감동을 받고,
다짐을 하고, 계획을 세우지만, 행동으로 옮기지 못하는 경우가 많다.

'오늘은 이미 이렇게 되었으니 내일이 있잖아?'

그렇게 내일은 영원히 오지 않는다. 우리는 매일 오늘을 살다가 죽는다.
그렇기에 오늘, 그리고 지금 시작해야 한다. 무엇이든 말이다.

쇤부른 궁전, Wien in Austria

쇤부른 궁전, Wien in Austria

schloss schonbrunn

—

오스트리아의 합스부르크 왕가는 유럽사에 막대한 영향을 끼친 가문으로, 오스트리아 왕실을 600여 년 동안 지배했다. 그 궁전과 유산들을 볼 때면 깊은 역사가 가미된 화려함과 고풍스러움이 느껴졌다. 오스트리아에 대해 떠올리면 예술과 왈츠, 그리고 음악 등 비교적 부드러운 것들이 떠올랐지만, 그 외의 수많은 역사적 사건들과 왕실 내의 흥미로운 이야기들이 참 많았다. 그 합스부르크 왕가의 궁전이 바로 '쇤부른 궁전'이다.

프랑스의 베르사유 궁전과 비교되는 경우도 많지만, 개인적으로 베르사유 궁전에서 느꼈던 것은 극강의 권력의 화려함과 그 이면에 허무함이 동반되었다면, 쇤부른 궁전은 오랜 시절 세상을 움직여 온 가문의 역사가 느껴지는 곳이었다. 궁전은 아름다운 정원을 지니고 있으며, 궁전 앞으로 펼쳐진 언덕을 오르면 빈 시내가 한눈에 내려다보이는 '글로리에테'에 도달한다.

키스를 보러 가서 유디트에 빠져온다는 벨베데르 궁전

Soul of Wien, 성슈테판 대성당

3대 오페라 하우스 중 하나인 빈 국립 오페라 하우스

건물 가운데에는 대통령의 관저가 있으며, 합스부르크 왕가의 왕궁으로 신성로마제국, 오스트리아-헝가리 제국 시기에 황제의 궁전으로 사용되었던 호프부르크왕궁

때로는 틈새로 보이는 모습이 더욱 설렌다

쉰부른 궁전, Wien in Austria

모든 사람들은 자신 내면의 힘이

얼마나 강한지 알아야 한다.

삶은 외부의 압력만으로는

절대 근본적인 변화는

일어나지 않기 때문이다.

"You cry a little, and then you wait for the sun to come out. It always does."

"조금만 울렴, 그리고 태양이 뜨길 기다려. 해는 언제나 다시 떠오르니까."

– The sound of Music 1965

12

Salzburg in Austria

_ 그것이 불가능할지라도

호엔잘츠부르크성에서, Salzburg in Austria

‘잘’ 주는 것

다른 사람을 삶에서 깊게 만난다고 하는 것은
참 어려운 일이다.

누군가는 이로 인해 희망을 얻기도 하나
상처를 받기도 하며,
삶의 이유를 찾는 이가 있는 반면,
나락으로 떨어지는 이도 있다.

사랑하는 관계에서 해야 할 것은 잘 주는 연습이다.
‘잘’ 주는 것,
내가 어디까지 줄 수 있는 사람인지 아는 것,
어떻게 나누어야 서로가 행복해질 수 있는지
그 기준을 찾고 배우는 것은
사랑에서 놓칠 수 없는 배움이다.

더 많이 더 깊게 사랑하고 싶다.

미라벨 정원에서 보이는 잘츠부르크성, Salzburg in Austria

Schloss Mirabell, Salzburg in Austria

Schloss Mirabell

잘츠부르크를 가 본 적 없음에도 늘 사랑했던 이유는 영화 〈사운드 오브 뮤직〉 때문이다. 셀 수 없이 보았던 그 영화를 한 번 더 보며 비엔나에서 잘츠부르크로 향하는 기차를 탔다. 명작이라고 여겨지는 것들은 두고두고 보고 또 보아도 질리지 않는다. 사람의 마음을 진실로 움직이고 감동을 주는 것은 참 어렵지만 아주 강력하다.

저 멀리 호엔 잘츠부르크성이 보이는 미라벨 궁전과 정원, 아름다운 정원 사이사이 영화 속 주인공들이 뛰어다니며 도레미송을 불러 줄 것만 같았다. 만약 봄에 가게 된다면, 거기에 화창하고 따스한 날씨가 더해진다면 참 아름다운 날이 될 것이다.

모차르트는 잘츠부르크에서 태어났다. 그는 미라벨 궁전에서 대주교를 위해 연주했다. 잘츠부르크는 화려하지 않지만, 따뜻하고 아름다운 문화와 예술적 분위기로 가득한 도시였다. 미라벨 정원은 그 도시를 한층 더 영화같이 만들었다.

불가능할지라도

—

많은 것들이 쉬워졌다.

세상은 훨씬 편해졌다지만,

더욱 겁쟁이가 되어 가는 것은 아닐까.

진실되고, 정의롭고, 정직한 것이

고리타분한 것으로 여겨지고,

미련한 것으로 취급받을지라도

포기하지 않았으면 좋겠다.

내면이 단단하고 성숙하게 자라

서로가 서로를 품어 줄 수 있는

세상이 되었으면 좋겠다.

그것이 불가능할지라도

우리는 포기하지 않았으면 좋겠다.

Love Locks Bridge Makartsteg, Salzburg

1077년, 호엔잘츠부르크성, Hohensalzburg Fortress

모차르트, 너무도 익숙한 음악가이기에 잘 알고 있다고 착각했었다. 비엔나에도 그의 흔적을 찾을 수 있었지만, 1756년 1월 27일 모차르트가 태어났던 잘츠부르크에서는 그를 더욱 깊게 만날 수 있었다.

그는 나의 생각보다 훨씬 더 순수했고, 음악에 대한 강한 열정을 가지고 있었다. 천재라는 명성이 오히려 그를 안경을 쓰고 바라보게 한 것일지도 모르겠다. 그는 사람들이 자신이 음악을 쉽게 만든다고 생각하지만 그 누구도 자신만큼 작곡하는 데 시간을 보내고 작곡에 대해 생각하지는 않았을 것이라고, 자신이 거듭해 연구해 보지 않았던 음악의 거장은 없노라고 말했다.

그의 바이올린을 보았다. 모차르트의 바이올린을 상상해 볼 때면 무엇인가 대단한 것이 있을 것만 같았는데 오히려 더 작아 보이는 바이올린이었다. 그를 이렇게 수백 년이 지나도 많은 사람들에게 영향력을 줄 수 있는 음악가로 만든 것은 바로 음악에 대한 그의 순수한 열망이었던 것이다.

재능만으로 모든 것이 이루어지진 않는다. 재능을 껴안고도 감당하지 못한 채 가라앉는 수많은 천재들이 있다. 우리에게 보이는 것은 늘 그 높은 곳이다. 그곳에 가기까지 쌓은 수많은 노력의 시간을 잊어선 안 된다.

모차르트의 생가, Salzburg in Austria]

"Die Philosophen haben die Welt Nur.
verschieden interpretiert
es kommt aber darauf a, sie zu verandern."
"철학자들은 세상을 그저 이리저리 해석만 해 왔다.
그러나 문제는 세상을 변혁시키는 것이다."

– Karl Heinrich Marx

13

Berlin in Germany

_ 함께하는 미래를 그리며

베를린

—

Berlin in Germany

내가 필연적으로 역사의 한 페이지에 있다면,

정의로운 한 문장을 쓰고 싶다.

독일은 우리나라와 같은 분단을 겪어 낸 나라다. 수도라는 사실을 떠나서 베를린이라는 독일의 한 도시는 특별한 의미를 지니고 있다. 분단 시절, 동서 냉전시대의 상징적인 의미로서의 역할을 했던 곳이었으며 1990년도 통일이 되자. 함께하는 미래를 그리는 화합의 상징으로서 새로운 역할을 수행해 왔고 지금 21세기, 새로의 전기를 맞고 있기 때문이다.

우리나라는 세계의 마지막 분단국가이다. 한 명의 대한민국 국민으로서 통일된 독일을 바라보는 마음은 더욱 특별할 수밖에 없었다. 우리 또한 대담하게, 또 신중하게 나가야 할 터이고 이에 작은 손이라도 보탤 수 있기를 바라는 마음은 크고 또 크다.

베를린이라는 도시의 느낌은 유럽의 그 어떤 곳보다 현대적인 느낌이었다. 다른 유럽의 여타 도시들에서는 보기 어려운 높은 빌딩들이 쉽게 보였으며 동시에 베를린만의 색채와 세련된 느낌이 가득했다. 동독과 서독이 합하여지면서 독일은 수많은 난관에 부딪혔으나 또 극복하며 여기까지 왔다. 그 역사의 중심에 베를린이 있었다.

Kaiser-Wilhelm-Ged chtniskirche, Berlin in Germany

Kaiser-Wilhelm-Ged chtniskirche(카이저 빌헬름 기념 교회)

-

독일의 첫번째 황제 빌헬름 1세를 기리기 위해 1890년대에 지어진 교회이다. 그러나 2차 세계대전 도중 영국군의 공습을 받으면서 교회는 심각하게 훼손되고 파괴되었다. 전쟁이 끝난 후, 재건축할 것인가 철거할 것인가 여러 가지 의견이 있었지만, 파괴된 교회의 모습은 그대로 보존되었다. 그 까닭은 전쟁의 참상을 알리기 위해서이다.

교회 내부에 전시되어 있던 원래의 본 모습을 보니 폭격으로 파괴되기 전의 근사한 모습은 흑백 사진임에도 분명히 알 수 있었다. 오늘날의 베를린은 얼마나 화려하고 멋진가. 그 도심 속에서 전쟁의 상흔을 그대로 품고 있는 교회를 보며, 다시는 그러한 역사적 비극을 일으키지 않겠다는 독일의 다짐이 보이는 듯했다. 때론 여러 마디의 말보다 확실한 하나의 장면이 있음을 느꼈다. 역사를 잊지 않고 늘 기억하고 다시는 같은 실수를 하지 않으려는 그 태도는 매우 인상적이고 배울 만한 것이었다.

베를린 돔

베를린 돔은 생각보다 더욱 웅장했다.
때마침 관악단이 돔 앞에서 〈레미제라블〉의 곡들을 연주하고 있었다.
2차 세계 대전 때 파괴되어 방치되다가 재건된 곳으로
돔에 올라 바라본 베를린의 모습이 참 아름다웠다.
내부는 외부 못지 않은 화려함을 자랑하며,
독일 최대의 파이프 오르간이 있다.

베를린 돔 전망대에서 바라본 베를린

The Holocaust Memorial

—

The Holocaust Memorial, Berlin in Germany

"이것은 일어났던 일이고,

그러므로 다시 일어날 수 있다.

이것이 우리가 말해야 할 핵심이다."

홀로코스트 메모리얼 공원, 유대인 학살 추모 공원이다. 사실 베를린의 그 어떤 곳보다 마음을 울렸던 곳이다. 유대인 학살은 인류에게 있어서 큰 충격으로 자리 잡고 있는 끔찍한 사실이다. 현재 폴란드에 있기에 더욱 몰입이 되었다. 600만 명 정도의 유대인이 학살당했다. 쉽사리 와 닿지도 않는 숫자이다.

이곳에 있는 박물관을 돌아보며 많은 시간을 보냈다. 한 가족, 한 가족이 소개되어 있었다. 한 인물, 한 인물이 소개되어 있었다. 그들의 삶이 나치에 의해 어떻게 무너져 갔는지, 어떻게 죽어 갔는지가 묘사되어 있었다. 보는 내내 너무너무 마음이 아팠고, 이게 나와 똑같은 감정을 느끼고 생각을 느꼈던 사람들에게 일어났다는 사실에 소름이 끼쳤다.

이 장소는 독일의 수도 한복판에 세워져 있다. 자신들의 가장 수치스러운 만행을 드러내고 있는 것이다. 사람들은 자신이 잘못한 일을 숨기기에 급급하고, 심지어 가해자가 큰소리치며 보호받기도 하는 이 세상 속에서 이렇게 철저한 반성은 참 중요하다는 생각이 들었다.

사회도, 국가도, 사람도 진정한 반성과 사죄가 없는 진정한 성장은 없다고 생각한다.

EAST SIDE GALLERY

발걸음을 멈추게 하는 벽화가 많았다. 이스트 사이드 갤러리는 슈프레강을 따라 쭉 서 있는 베를린 장벽에 그려진 벽화들로, 약 1.3㎞의 길이에 이른다. 실제적인 분단의 역할을 담당하던 벽들이 평화의 상징으로 변하여 평화를 노래하는 수많은 그림들로 채워진 이곳을 보며 부러웠다. 우리의 삶, 사랑과 평화, 희망과 용서, 행복과 평안, 헤아림과 감사 등 수없이 많은 긍정적인 감정들이 수없이 새겨지면 좋겠다.

east side gallery, Berlin in Germany

벽화, Berlin in Germany

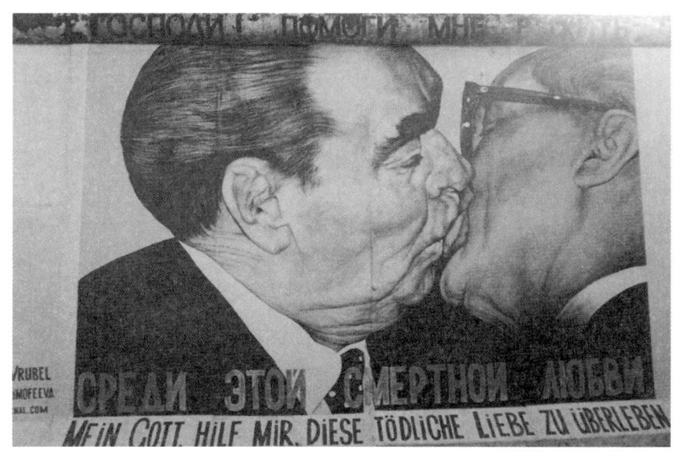

형제의 키스, Berlin in Germany

Berlin Philharmonie Orchestra, Berlin in Germany

베를린 필하모닉 오케스트라

—

베를린 필하모닉 공연을 위한 예매를 하고 나서, 무엇이 그리 좋았는지 떨리는 마음에 일기를 한 장 꼬박 썼다.

베를린에 온 첫날, 짐만 놓고 급하게 공연장으로 향했다. 길도 잃고, 트램도 잘못 타고, 유심을 못 사 데이터도 안 터지고, 정말 찾아가는 데 정신이 없었다.

길을 물었었는데 하필 또 반대로 알려 주셨다. 이 공연을 보기 위해 먼 길을 달려왔는데 늦을 것 같으니 너무 속상했다. 안 들여 보내 주면 어쩌지 걱정도 되고, 아 이렇게 꼬일 수가 있나 싶었다. 살다 보면 꼭 뭘 해도 꼬이는 날이 있다.

그래도 끝까지 빨리 가 보자 하는 심정으로 지하철에서 내리자마자 뛰어가다가 횡단보도 위에서 갑자기 골목에서 통화하면서 튀어나오는 자전거와 마주쳤다. 다행히 가까스로 비켰는데, 혼자 여행하다 이렇게 직접적으로 위험했던 것은 처음이라 나도 너무 놀라고, 그 자전거를 탄 아저씨도 너무 놀라 비명을 질렀다.

매번 느끼는 거지만 안전과 건강이 최고다. 그러고 한숨 돌리고 나니 '그래. 혹시 못 들어가서 좀 아까우면 어때? 아직 튼튼하고 건강하게 무사한 게 다행이지.' 마음을 내려놓았다.

물론 그런 생각을 하면서도 다리는 뛰었지만. 그렇게 열심히 뛴 덕분에 8분 정도 늦었는데 아주 다행히 들어갈 수 있었다. 1부를 관람석 가운데쯤에서 서서 보았고, 2부는 자리에 가서 볼 수 있었다.

내 원래 자리는 지휘자 맞은편 가운데 자리다. 이 시각의 자리에서 그것도 이렇게 좋은 오케스트라를 볼 수 있는 기회가 별로 없기에, 한 자리 남았을 때 얼른 예매했다. 그 자리에선 마치 내가 함께 연주하는 듯한 느낌이 들었고, 100명 정도 되는 합창단과 매우 가까워서 그들의 소리가 더 와 닿았다. 또한, 항상 등을 볼 수밖에 없는 지휘자의 표정, 느낌, 움직임을 마주 앉아 볼 수 있어서 참 좋았다.

그런데 1부에 서서 보았던 것도, 내가 이렇게 늦지 않았다면 볼 수 없었을 베를린 필하모닉의 전체적인 모습을 볼 수 있어서 나중에 돌아보니 그것 마저 감사했다. 사진에서 보던 그 장면 그대로였다.

베를린 필하모닉 공연장은 나에게 있어 꿈의 장소였는데, 이곳에 와 있다니 정말 꿈같은 시간이었다. 공연이 마치고 사람들이 떠나는 걸 보면서도 한참을 앉아 있었다.

Berlin Philharmonie Orchestra, Berlin in Germany

"As long as I have health and strength,
I will gladly work all my days."
"나에게 건강과 힘이 있다면,
나는 기꺼이 내 모든 날들을 일할 것이다."

– 프레드릭 쇼팽(1810–1849)

14

WARSAW IN POLAND

_ 포기하지 않는다면

바르샤바왕궁, Warsaw in Poland

폴란드의 바르샤바는 1611년 수도로 지정되었다. 현재는 동유럽의 매력을 가득 담은 아름다운 도시이지만 폴란드의 아픈 역사를 고스란히 함께한 곳이다. 여러가지 역사적 어려움에도 바르샤바는 이겨 냈고 성장했다. 그러나 제2차 세계대전 당시, 독일 나치의 공격으로 인해 도시의 80% 이상이 파괴되었다. 독일군의 지배에 저항했던 바르샤바 봉기(1944)로 인해 발생한 사건이었다.

도시가 감동스러웠던 이유는 다음에 있다. 거의 다 파괴된 도시를 폴란드 국민들이 재건하기 시작한 것이다. 시민들은 원래의 바르샤바의 모습을 되찾기 위해 최선을 다해 복원했다. 작업은 풍경화와 사진, 도면 등을 활용한 고증을 통해 진행되었다. 지금 우리가 만날 수 있는 폴란드의 고풍스러움을 담고 있는 건물들은 복원된 지 100년도 되지 않은 것이다. 바르샤바 구시가지는 세계문화 유네스코에 등록되어 있다.

나라를 지켜 내기 위해 굳세게 저항했고, 그로 인해 발생한 참담한 일을 굳은 의지로 이겨 냈다는 사실은 폴란드라는 나라와 국민에 대해 다시 한 번 놀라게 만들었다.

예술은

—

힘든 시간을 견디어 가는 데 있어 그림과 음악은 참 큰 힘이 된다. 대부분의 예술적인 것들은 온화함을 되찾아 주기 때문이다.

우리에게, 고통이 나를 토대로 성장하게 두는 것이 아니라 내가 고통을 딛고 성장해야 한다는 사실을 상기시킨다.

Old Town, Warsaw in Poland

라비지우 궁전

현재 대통령궁으로 사용되고 있는 라지비우 궁전은 과거 라지비우가의 저택이었다. 극장으로 사용되기도 했고, 바르샤바의 곳곳에서 그의 음악이 들려오는 폴란드 인들의 자랑스러운 음악가, 쇼팽의 첫 피아노 연주회가 열렸던 곳이다.

현재 대통령 관저, 라지비우궁전

성 십자가 성당, Warsaw in Poland

쇼팽의 심장이 잠들어 있는 곳, 성 십자가 성당

39세의 쇼팽은 젊은 나이에 결핵으로 파리에서 세상을 떠나게 된다. 늘 고국, 폴란드를 그리워했던 쇼팽을 위해 그의 심장은 동생에 의해 옮겨져 이곳에 보관되어 있다. 짧았던 삶이지만 그가 남긴 수많은 피아노 명곡은 지금까지도 우리에게 큰 감명을 주고 있다. 조국을 향했던 그의 열렬한 마음은 유학을 가면서도 폴란드의 흙을 가져갈 정도였다고 한다. 폴란드의 골목 사이사이 쇼팽의 선율이 흐르는 까닭을 알 것 같았다.

길에서, Warsaw in Polan

University of Warsaw Library

교육과 예술은 중요하다. 폴란드는 중요한 것을 포기하지 않았다. 강대국에 둘러싸여 수많은 역사적 어려움을 겪었지만, 그들은 민족의 정신을 끝까지 지켜 냈다.

바르샤바 대학교의 도서관은 200여 년의 역사를 지닌 폴란드의 도서관이다. 1831년 러시아에 항거했던 'The November Uprising'이 실패하자, 러시아는 이 도서관을 폐쇄시키고 소장하고 있던 대다수의 책들을 빼앗아갔다.

그러나 도서관은 포기하지 않았다. 빼앗겼던 책 일부를 러시아로부터 돌려받고, 수많은 기관들과 개인 소장자들의 기증 등을 통해 책을 확보해 나갔다. 제1차 세계 대전이 끝나고 다시 도약을 하지만 제 2차 세계 대전이 발발하며 다시 수많은 어려움을 겪게 된다. 하지만 결국, 1989년 폴란드가 자유민주주의 국가가 되었고 그 결과 바르샤바 대학교 도서관은 현재에 이르기까지 수많은 학생들의 학문의 보금자리로서 폴란드의 지금과 미래를 밝히는 등불의 역할을 톡톡히 해내고 있다.

역경 속에서도 조국의 정신을 지키고자 한 이 땅에서 우리나라가 생각나는 건 무슨 까닭이었을까. 배운다는 것, 가르친다는 것은 미래를 의미하는 것임을 다시 한 번 느꼈다.

바르샤바 도서관, Warsaw in Poland

당신과 내가 그린 이야기, Warsaw in Poland

깨어서 누리며

안타깝게도 특별한 날, 우리는 더욱 정신이 없다. 예를 들면 결혼식과 같은 인생의 동반자를 맞이하게 되는 그 소중한 순간에 정말 중요하고 본질적인 것들을 놓치는 경우가 많다. 그 외의 것들에 지나치게 신경을 많이 쓰기 때문이다.

그 하루를 인생으로 넓혀 보아도 많이 다르지 않을 것이다. 단 한 번뿐인 인생임에도 자신이 무엇을 하고 있는지, 지금 걱정하는 것들이 나에게 진정으로 무슨 의미가 있는지 모른 채 순간의 안위를 걱정하며 살아가는 경우가 많다.

정말 원하는 삶을 위해서는 깨어 있기 위한 노력이 필요하다. 때때로 새로운 곳을 여행하고, 매일 자신의 감정을 기록하며, 매일 한 치씩 쌓인 지혜로 인생이 주는 순간의 기쁨을 깨닫고 더욱 누려야 한다. 생생한 감각이 살아 있어야 할 것이다.

더 나은 하루를 만들고, 올바른 나를 만드는 것은 중요하다. 더 좋은 선택을 할 수 있기 때문이다. 좋은 선택은 좋은 삶으로 가는 지름길이다. 중요하고 가치 있는 것을 잊지 않고 살아가야 한다.

멋있는 사람이 되고자 한다면

무엇인가 열중하는 것만큼 효과적인 것이 없다.

어느 나무 아래, Warsaw in Poland

버겁다면

함께 가는 것이 좋다.

함께, Warsaw in Poland

크고 아름다운 잠코비 광장, Plac Zamkowy

바르샤바 왕궁, Zamek Kr lewski w Warszawie

바르샤바 왕궁의 시계탑은
독일군의 폭탄탄이 떨어졌던
11시 15분에 멈춰 서 있다.

그러나 그들의 삶은 멈추지 않았다.

넘어지는 것은 문제가 아니다.
절망할 수밖에 없는 상황 속에서도
포기하지 않고 다시 일어나는 것이 중요하다.

포기하지 않으면 희망은 언제나 있다.

말은 무게를 재야지, 헤아리는 게 아니다.
Words must be weighed, not counted.

– 폴란드 속담

15

Krakow in Poland

_ 시간이 멈춘 도시에서

구시가지 광장, Krakow in Poland

크라쿠프는 많은 폴란드인들은 물론 세계 여러 나라 사람들이 폴란드를 여행하고자 할 때 꼭 손에 꼽는 도시이다.
4세기 때부터 시작된 이 도시는 문화, 예술, 정치적으로 유서가 깊은 곳으로 폴란드 남쪽에 위치해 있다.
중세엔 수많은 예술가들이 찾았으며, 폴란드의 수도로서의 역할을 수행하며 500여 년간 중심지로서의 역할을 톡톡히 감당하던 시기도 있었다.
제2차 세계대전 시기에는 나치의 주둔지가 있었던 탓에 오히려 공습으로부터 안전할 수 있었다.
넓고 아름다운 구시가지와 광장, 구시가지 남쪽 끝의 비스와 강변의 바벨성, 유럽에서 가장 큰 규모의 유대인 문화 구역과 근교의 아우슈비츠 등 역사와 문화에 관심이 많은 사람이라면 무척 뜻깊게 여행할 수 있는 곳이다.

Rynek Głowny

—

크라쿠프의 구시가지 광장은 유럽에서 두 번째로 큰 광장이다.

성모승천 성당을 필두로 하여 낮에는 즐겁고 활기찬 모습으로,

밤엔 아름다운 불빛들로 가득 찬 모습으로 반겨 준다.

특별히 성모승천 성당에서 예배에 참여했었는데

제단이 무척이나 화려하고 아름다웠다.

그 제단은 폴란드 국보로 지정되어 있었다.

이 성당의 꼭대기에선 정해진 시간에 트럼펫이 울려 퍼진다.

이 트럼펫은 중간에 연주가 끊긴다.

나중에 알아보니 몽골이 쳐들어왔을 때 도망가지 않고

끝까지 연주했던 연주자를 기억하기 위해서라고 한다.

그는 결국 사망했고 연주가 끊기는 순간이

바로 그가 목숨을 잃은 순간이다.

구시가지 광장, Krakow in Poland

Kazimierz 카지미에슈

'카지미에슈'는 유대인 지구로 폴란드의 유대인 관용 정책으로 인해 제2차 세계대전 전까지는 가장 많은 유대인들이 살았던 곳이다. 그러나 제2차세계대전이 일어나며 이곳에 살았던 대부분의 유대인은 아우슈비츠로 강제 이송되었고 그중 10분의 1 정도도 돌아오지 못했다. 아픈 역사가 담긴 곳이지만 현재 유대인 문화가 가장 잘 살아 있다고 평가되는 곳이다. 그 시절부터 있던 오래된 건물들이 그 모습으로 잘 유지되고 있는 곳으로 독특한 분위기를 느낄 수 있다.

'카지미에슈'에서 조금 걸은 후 비스와 강의 다리를 건너면 '게토 영웅 광장'을 만날 수 있다. 이 광장은 유대인을 기리는 곳으로 서른세 개의 빈 의자가 놓여 있다.

유대인들은 수용소로 끌려가기 전, 이 광장에서 이송을 기다렸다. 나이가 많으신 분들은 때때로 의자를 가지고 나와 앉아서 기다렸다고 한다. 이들이 수용소로 떠나고 나면, 빈 의자들만 남겨져 있었기에 희생된 유대인들을 추모하기 위해 만들어진 곳이다. 죽음의 수용소로 끌려가기 전 의자에 앉아 기다리는 사람들은 어떠한 마음이었을까.

유대인지구, Krakow in Poland

게토영웅광장, Krakow in Poland

Auschwitz

—

아우슈비츠, Krakow in Poland

"역사 그리고 그 안의 아픔"

폴란드라는 나라의 역사에 대해서 더욱 관심을 가지게 된 계기는 사람들의 차가운 인상이었다. 물론 이건 매우 주관적인 첫 느낌이었고, 내가 겪은 많은 폴란드 사람들은 마음의 문을 열면 참 따뜻했고, 최선을 다해 도와주는 참 착하고 따뜻한 사람들이었다. 폴란드는 아픈 역사가 많은 나라다. 폴란드 아우슈비츠는 가장 아픈 역사 중 하나를 그대로 품고 있는 곳이다.

베를린에 있는 홀로코스트 기념관에 이어, 크라쿠프의 카지미에슈, 게토 영웅광장, 영화 〈쉰들러 리스트〉의 배경이 되었던 쉰들러 공장, 그리고 내 여정의 마지막 정점은 폴란드의 아우슈비츠였다.

아우슈비츠는 나치 시대에 독일이 만들었던 수용소 중 최대 규모의 수용소이다. 직접 마주한 그곳의 커다란 규모에 기가 질렸다. 사람이 어떻게 같은 사람을 죽이기 위해서 이토록 거대하고 조직적으로 움직일 수 있을까. 실제로 일어났다고 믿기지 않는 일들의 증거와, 역사를 잊지 않고 마주하고 있는 수많은 사람들을 바라보았다.

자라 오면서 『안네의 일기』, 〈줄무늬 파자마를 입은 소년〉 등 여러 가지 홀로 코스트 관련 도서나 영화 등을 자연스럽게 접하며 어느 정도 이들의 아픔에 대해 알고 있다고 생각했던 것이 부끄러웠다. 기본적으로 인간이 살아갈 수 있는 생활환경이 보장되지 않았던 것은 물론이고, 노동력의 착취와 잔인한 생체실험, 그리고 언제나 죽음에 대한 불안감을 안고 살았으며, 실제로 많은 사람들이 매일 죽어 나갔다. 나는 이렇게 자유롭게 들고 나갈 수 있는 이 땅을 그 사람들은 얼마나 벗어나고 싶었을까.

우리가 사는 이 현재의 세상은 수많은 피의 역사 위에 이루어졌다. 사실 유대인 대량 학살뿐만이 아니라, 서구 사회가 아프리카의 흑인들, 아메리카의 인디언들, 사람으로 여기지 않았던 수많은 사람들에 대한 학살과 짓밟음 또한 존재하였다. 어떤 부분에 있어서는 서구에 의한 서구의 학살이기에 더욱 비극적으로 그려지고 있다는 지적 또한 무시할 수 없다.

독일과 폴란드가 양국 친선 조약 체결 25주년에 맞춰 처음으로 공동 역사교과서를 발행했다는 기사를 읽었다. 전문가들이 참여하여 공식적인 조직을 만들어 8년여에 걸쳐 만들어진 교과서였다. 그 순간이 오기까지 겪었던 수많은 사건들은 결코 8년 정도에 담길 수 없는 일들이었을 것이다.

역사를 직시하는 것은 바른 미래를 이끌어 나가는 것에 있어서 필수적이라고 생각한다. 폴란드의 학생과 독일의 학생이 같은 시각의 역사를 배우고 있다는 사실에 비추어 우리나라의 상황을 바라볼 때 마음이 불편하고 아픈 것이 사실이다.

아우슈비츠 수용소, Krakow in Poland

수많은 사람들이 총살된 '죽음의 벽', 아우슈비츠

"삶이 견딜 수 없을 만큼 힘들 땐 자코파네가 있다."

– 폴란드의 한 속담

16

ZAKOPANE IN POLAND

– 당신의 메아리

메아리

삶이 참 지치고 힘든 순간이 있다.
내가 잘 살아온 것이 맞을까 의문이 들 때 말이다.
계속 제자리만 돌고 있는 것은 아닌지,
왜 나에게만 이러한 힘든 일들이 일어나는 것인지.
다른 사람 아프게 하지 않고 열심히 산다고 살았는데,
뭐가 문제인 것인지 가슴이 답답할 때가 있다.

산을 오르다 보면,
아주 높은 산을 오르다 보면, 정상은 보이지 않는다.
높은 나무들에 가리어 어디쯤 왔는지도 가늠하기 어렵다.
그러나 포기하지 않고 오르다 보면 결국 도달한다.
산에 그 큰 메아리를 울려 퍼지게 할 순간을 가지게 되는 것은
저 아래서부터 힘들어도, 숨이 막혀도,
다리가 아파도, 묵묵히 걸었던 그 한 걸음 때문이다.

지금은 보이지 않는다.
나를 힘들고 아프게 한 그 모든 것들이
진정으로 지닌 의미가 무엇인지 말이다.
그것을 딛고 올라섰을 때, 그때야 비로소 우리는 이해할 수 있다.

잘하고 있다.

조금만 더 힘을 내자.

세상에 당신의 메아리를 크게 울릴 수 있는

그 순간은 분명히 올 것이다.

Zakopane in Poland

타트리산맥, Zakopane in Poland

별

조용한 별이었음 했다.

활활 타오르는 것도, 홀로 어둠을 밝히는 일도
하고 싶지 않았다.

그저 네가 외로운 밤이면
까만 하늘을 바라보다
나를 조용히 찾아내 준다면 그걸로 족했다.

아픈 상처를 털어놓을 수 없을 때
눈에 맺힌 이슬 틈으로 반짝하는 나를 발견하고선
혼자가 아님에 안도한다면 그걸로 족했다.

밤을 가만히 끌어와
너를 쉬게 해 주고

새벽빛은 살며시 불러와
네게 희망을 전해 줄 수 있다면.
나는 조용한 별이었음 했다.

진실

긴 터널을 빠져나오는 동안
나를 지켜 주는 것들은 진심이었다.

소란하고 헛된 것들은
생각보다 내 삶의 많은 부분을 차지하고 있었다.

파도가 몰아칠 때 비로소 우리는 알 수 있다.
무엇이 정말 나를 지탱해 주고 있는지 말이다.

그 시절이면
쓸려 나가는 것이 많았다.

뼈 아프게 겪어 내길 바란다.
끝까지, 저 끝까지 진실된 것만 남도록.

다시 새날은 온다. 더 밝고 푸르게.

푸른 하늘과 예쁜 집, Zakopane in Poland

타트리산맥, Zakopane in Poland

만년설

사계절 내내 녹지 않는

저 산 위의 눈과 같은 마음을 만나고 싶다.

돌고 돌아 험한 길을 다녀와도

언제고 다시 돌아갈 수 있는 그런 마음을 만나고 싶다.

늘 그 자리에

한결같은 모습으로 있어 주어

바라만 보아도 다시금 위로받는

그런 마음을 만나고 싶다.

못된 사람들에게

완벽하게 선한 사람도,
완벽하게 악한 사람도 없음을 압니다.

나에게 너무 큰 상처였던 사람도
누군가에겐 소중할 자식이겠지요.
또는 하루를 털어놓을 수 있는 친구일지도 모르겠네요.
그렇기에 욕하고 미워하고 싶지 않습니다.

핑계 없는 무덤이 없다지요.
당신이 한 일에 당신만의 합리화가 있을 것을 압니다.

하지만,
지금만큼은 자신의 행동을 그대로 돌아보길 바랍니다.
사람과 사람 사이의 최소한의 예의로 말이에요.

나는 더 이상 그 기억에 아파하지 않습니다.
그대들은 내 인생에 더 이상의 영향력은 없습니다.

그러나 마지막으로

사랑으로 살길 당부합니다.

다른 사람을 그렇게 아프게 한다는 것은
자신조차 사랑하지 못하는 것이니까요.
더 이상 상처를 주는 사람으로 살지 마세요.

덧붙여,
나는 누구를 미워하고 험담하며
내가 만든 지옥 안에 살지 않을 겁니다.

당신을 용서합니다.

타트리산맥, Zakopane in Poland

Morskie Oko, 모르스키에 오코

—

동유럽의 알프스라고 불리는 자코파네는 폴란드 남쪽 끝, 슬로바키아 국경과 인접해 있는 곳으로 폴란드 사람들에게 늘 편히 쉴 곳이 되어 주는 휴양지이다. 자코파네에서 가장 가 보아야 할 곳을 꼽자면 바로 '모르스키에오코호'이다. 폴란드어로 '바다의 눈'이라는 뜻을 지니고 있는 이 호수는 타트리 산맥에 위치해 있다.

비가 조금 내리는 날이었다. 좋지 않은 날씨임에도 불구하고 아름다운 물색과 장엄한 산맥의 모습에 감탄할 수밖에 없는 곳이었다. 산을 올라야 만날 수 있는 곳이라 많이 걸어야 하는데 등산이 목적이 없다면 오고 가는 길에 말이 끄는 마차를 타고 가는 것을 추천한다. 호수까지 데려다 주는 것은 아니고, 마차에 내려서도 좀 더 걸어야 이 호수에 도착할 수 있다. 좋지 않은 날씨가 아쉬웠지만, 좋은 날에 다시 한 번 올 것을 기약했다.

Morskie Oko, Zakopane in Poland

"정말 강한 사람은 늘 이기는 사람이 아니라 지는 것을,
다시 일어서는 것을 두려워하지 않는 사람이다."

17

Mszana Dolna in Poland

_ 선물 같은 시간

기차 창 밖으로

폴란드의 기차는 참 오래도 걸린다. 탈 때면 기본 6시간에 한두 시간씩 더 걸리곤 했다. 툭하면 연착이어서 힘들다고 징징대지만, 하지만 사실 왠지 그렇게 참기 힘들지 않았다. 넓은 창 밖으로 보이는 폴란드스러운 시골 풍경은 마음을 편안하게 했고, 가끔씩 펼쳐지는 드넓은 들판과 그 위에서 노는 소들을 마주할 때면 설렜다. 늘 사랑할 수밖에 없는 보랏빛 노을을 바라볼 때면 이어폰을 귀에 꽂고 좋아하는 노래를 들을 수밖에 없었다. 넉넉한 시간에 틈틈이 펜을 잡았다. 함께면 함께여서, 혼자면 혼자여서 좋았다. 게으른 나는 게으르게 생각할 수 있는 기차가 좋았다.

때때로 마음에서 솟구치는 무언가가 있었다.

그것을 따르고 이루며 살 수 있다면,

그러면서 배를 곯지 않는다면,

거기에 주위를 둘러보고

손을 펴 나눌 수 있는 마음의 여유까지 있다면.

그렇게 핀 손을 맞잡을 이들이 있다면.

바랄 것이 없겠다.

어느 날 오후,Mszana Dolna in poland

아침 밥상, Mszana Dolna in poland

정성 어린 식탁에 앉는 것

—

폴란드의 연휴였다.

폴란드 친구의 초대를 받아 함께 친구 집에서 명절을 보내게 되었다. 기차를 8시간 정도 타고 트램을 타 역을 찾아간 다음, 버스를 타고 1시간 정도 달려 친구 집에 도착할 수 있었다.

따뜻한 집 밥이 그리워질 찰나, 누군가 나를 위해 차려 준 따뜻한 밥상이, 나와 마주칠 때마다 안아 주셨던 친구 할머니의 따뜻한 품이, 땀 흘려 오르고 마주했던 아름다운 풍경들이, 민들레 꽃 가득한 언덕에서 들었던 노래가, 이곳에서 들었던 순간순간의 생각들, 그리고 집집마다 아기자기 참 예뻤던 정원들의 모습까지도, 참 소중하다. 오래오래 담아 놓고 꺼내 봐야지.

도착한 날, 늦은 밤. 며칠 일찍 집에 와 있던 마중 나온 친구를 만나, 정류장에서 집까지 달이 뜬 밤거리를 걸었다. 이곳은 자신이 언제나 평안과 쉼을 얻는 곳이라고 했다. 이상하게도 이 낯선 곳이 전혀 낯설지 않았다. 함께여서일까, 마음이 편했다. 집에 도착하니 할머니는 주무시고 계셨다. 대신 내가 도착하면 내어 주라고 미리 끓여 놓은 수프가 기다리고 있었다. 마음이 따뜻했다.

친구는 자신이 어린 시절 지내던 방에 이부자리를 펴 주었다. 잠시 기다려 보라고 하고 나가더니 잠시 후 손에 꽃 몇 송이를 들고 나타났다. 깜깜한 곳에서 예쁜 것을 골랐을 생각을 하니 예상치 못한 그 마음이 더 예뻐서일까. 정말 기쁜 꽃송이였다.

나도 다른 이에게 이런 감동을 주는 사람이고 싶다. 친구가 차려 준 정성 어린 식탁에 다시 한 번 앉고 싶다. 누군가의 정성이 담긴 밥상은 그것만으로도 꽤 많은 것을 치유한다.

나를 사랑하는 것

—

자신을 사랑하는 것, 자신의 삶을 소중하게 여기는 것은

모든 사람에게 좋은 사람이어야 하거나

모든 일을 척척 잘해 내는 사람이 되는 것이 아니라,

삶의 우선순위를 잘 세우는 것이다.

꽃이 핀 언덕, Mszana Dolna in poland

삶

상처를 받지 않는 삶은 없다.

항상 오르막은 찾아오고, 우리는 넘어야 한다.
내 삶을 무엇인가가 잠식하게 두는 것이 아니라 어떠한 것이 중요한지
판단하고 순간순간 삶을 간소화하는 작업이 필요하다.

소중한 선물 같은 인생과 시간이다.

내 사람들, 해야 할 일, 당연히 함께 마음 아파해야 할 일들,
손 뻗을 의무가 있는 일들만 생각해도 부족하다.

지금 사랑해야 할 것들을 사랑해야 한다.
잘 가려내고, 잘 정리해야 한다.

행복할 때면 가끔 다시 달리기가 무서워질 때가 있다.
항상 좋은 날과 웃는 일만 있을 수는 없다.

기쁨으로 단을 거두기 위해선
울며 씨를 뿌리는 시간이 필요하다.

나무, Mszana Dolna in poland

가시

사람은 누구나 저마다의 가시가 있다.

전엔 누군가 나를 어떠한 프레임에 넣어 바라보나 싶을 때면 억울했다.
그로 인해 내가 받게 될 상처와 아픔이 두려웠다.
하지만 그들 또한 삶을 굴러오며 많이 다치고 긁힌 까닭에
자신을 방어하기 위해 가시를 돋은 것이다.
내가 단단하지 못하면 남의 가시를 아파해 줄 여유가 없다.
내가 받을 상처가 두렵기에.

쉽게 긁히지 않아야겠다. 단단해져야겠다.
누군가의 가시를 품어 줄 수 있는 품을 만들어야겠다.

“흔들리지 않고 피는
꽃이 어디 있으랴.”

– 도종환

18
POZNAN IN POLAND
_ 나를 위한 꽃 한 송이

르넥, Poznan in Poland

"이곳에서 당신은 바뀔 거예요.

분명히 달라질 거예요."

버스를 기다리며, Poznan in Poland

특별한 일상

—

이곳에서 누렸던 것은 특별한 일상이었다.

특별하다는 것은 보통의 나날과 다른 것이고,

대부분의 보통의 일상은 특별함과는 거리가 멀었다.

하지만 포즈난에서의 나날은

여유로웠고, 용기가 필요했고,

무언가에 열심이었다가 때론 게을렀다.

세상을 바라보는 눈

'낯설다'와 '새롭다'의 차이.

낯선 거리와 새로운 거리의 차이.

삶을 바라보는 많은 것들에 있어서 나의 관점과 생각이 참 중요하다.

어떠한 사고방식을 가지고 어떤 눈으로 밖을 바라보는가에 따라

달라지는 것이 참 많다.

Poznan in Poland

kwiaty
폴란드어로 '꽃'

—

"꽃 한 송이를 살래요.

오늘은 나를 위해서예요."

꽃집, Poznan in Poland

올드타운, Poznan in Poland

봄이 오려나 보다

날이 차차 풀리더니 처음으로 노천 카페가 즐비하게 늘어섰다. 아직은 어수선한 분위기였다. 테이블도, 사람도 질서 있는 배열을 갖추지 못했지만 영하의 추위가 가고 찾아온 따스한 햇볕에 설레고 들뜬 분위기가 광장 가득했다.

작은 바람이 이루어지던 순간

마음속 깊이 간직하고 싶은 순간이 있다. 포즈난에서 가장 큰 공원이었다. 가까이 있음에도 날씨 탓에 찾은 적이 없었다. 유럽의 거리나 공원에서 연주해 보고 싶은 작은 바람이 있었다. 교회를 다녀오는 길의 하늘이 참 밝고 푸르렀다. 집에 돌아와 무턱대고 바이올린을 메고 나섰다. 공원이 너무 아름다웠다. 그들이 그리고 있는 일상이 너무 평화롭고 여유로웠다. 나도 한 부분이라는 것이 행복할 뿐이었다. 구석을 찾아 처음으로 바이올린을 밖에서 연주했다. 시작할 때까지 기다리셨던 할아버지도 계시고 계속 지켜보던 가족도 있고 가까이 와서 춤을 추던 아이들도 있었다. 오늘 알았다. 자유로워지니 함께 어울릴 수 있다는 사실을.

공원의 오후, Poznan in Poland

좋아하던 시간, 장소, Poznan in Poland

너 그리고 우리

점원이 다가왔다. 생긋 웃으며 말했다.

"it is for you."

이 말처럼 사람의 마음을
열리게 할 수 있는 말이 있을까.
'너를 위한 거야.'

살아가다 보면 세상의 많은 것들이
다 나만 생각하게끔 만들지만,
'따뜻한 마음씨'에 대해 곱씹게 하는 순간이 있다.

나와 '너'를 위해 살아갈 때,
서로 조금씩 더 안아 줄 때
조금 더 행복한 우리가 되지 않을까 싶다.

서점에서, Poznan in Poland

서점에서 받은 전화

B와 통화를 하다가 불쑥 튀어나왔다.

"세상엔 정말 이해할 수 없는 사람들이 있어. 왜 도대체 그렇게 행동하고 그렇게 살아갈까, 가끔은 이해하고 싶은 마음조차 들지 않아."

B가 말했다.

"음, 좋은 기회라고 생각해. 이 부분은 나랑 다른 사람이구나. 알 수 있는 기회, 모두 다 품고 갈 수는 없어. 사람을 보는 눈을 키워 가는 거지."

수많은 사람을 안으려다 다치는 짓은 이제 그만하고 싶다. 대신 내가 사랑하는 사람들, 나를 사랑하는 사람들을 조금 더 잘 챙길 수 있는 따뜻한 그릇을 만들고 싶다.

알록달록, Poznan in Poland

달

달이 예쁘게 뜬 날이면 괜히 발을 동동 굴렀다.

기분이 들뜬 탓이었다.

르넥, Poznan in Poland

동심

—

혼자 열심히 찾고 만들었던 아지트들이 벌써 그립다.

다른 어느 나라를 가도, 내 집이 있다는 사실이,

돌아갈 곳이 있다는 사실이 나를 참 든든하게 만들었다.

매일 나갔던 르넥, 크고 화려하지 않지만,

그 어느 도시의 르넥보다 나에겐 가장 예쁘다.

이 밤에, Poznan in Poland

그리움

—

함박눈이 쏟아질 때면

꽃내음이 풍기던

그날의 삼월을 그리워했다.

꽃잎이 흩날릴 때면

짙게 물든 낙엽 사이의

그날의 우수를 그리워했다.

그렇게 단풍이 져 가는 지금,

나는 첫눈이 소복이 쌓인

조용한 눈밭에 첫발을 내딛는 꿈을 꾼다.

그렇게 되돌아보면

그저 매 순간을 꿈같은 시간으로 살면 되었을 것을

마침 따뜻한 햇살이 얼굴을 비추었다.

참 따스하다.

때

가져야 할 때가 있는가 하면, 놓아야 할 때가 있다.
뿌려야 할 때가 있는가 하면, 거두어야 할 때가 있다.

잘 놓는 것에도 연습이 필요하다는 것을 알았다.
태양 아래 영원한 것이 없지만
때때로 잊고 살 때가 많다.

비우는 것은, 잘 놓는 것은 슬퍼할 일이 아니다.
새로운 것으로 채울 기회를 얻는 것이니까.

오고 가는 많은 순간들 속에서 바른 방향으로
성장하는 것이 중요하다고 생각한다.
모든 것은 지나가지만 그 안에서 발견한
소중한 가치들은 당신을 만들어 갈 것이다.

푸르른 여유, Poznan in Poland

노을, Poznan in Poland

동이 터 온다.
아버지는 아침 밥상을 마주 대하며
감사의 기도를 드린다.

아버지는 거울 앞에 서서
어깨에 묻은 먼지 없나 툭툭 털어 본다.

아버지는 세월 따라 주름 잡힌 구두를
같이 가지고 달래듯 윤 나게 닦아 준다.

아버지는 자전거 위에 올라앉아 페달을 힘껏 밟는다.

바람이 얼굴을 스쳐 지나간다.
세월도 스쳐 지나간다.

언제부터였을까,
담벼락을 의지한 채 기대어 있는
먼지 앉은 아버지의 자전거
아직도 아버지의 출근길을 달리고 싶은가 보다.

아, 아버지의 자전거
붉은 노을 같이 가자고 오늘도 서쪽으로 해가 진다.

오늘의 나와 26년 전의 엄마, Poznan in Poland

마지막 글

하루는 엄마가 사진을 보내왔다.

26년 전, 포즈난에서 찍은 사진이었다.
르넥에 있는 성당 앞이었다.
내가 있는 이곳에 엄마도 있었다니, 웃음이 났다.

그 시절이 있었다는 것, 이만큼의 시간이 흘렀다는 것.
또 이만큼의 시간이 흐를 것이라는 것,
나는 또 그만큼의 시간을 살아 낼 것이라는 것.

그때의 나는 지금 이 시간을
누구에게, 어떻게 이야기하고 있을까.

이 책을,

나의 소중한 친구

그리스의 Constantina seremeti,

폴란드의 Julia polanska에게,

이 시간에도 나를 감싸 지켜 주고 있는

가족들과 곁의 소중한 사람들에게,

삶의 그 어느 순간에도

쉴 그늘이 되어 주는 엄마에게,

그리고

그 어떤 상황에도 나를 무너지지 않게 붙들어 주신

존경하는 할아버지, 박석진 님과

지금의 내가 있기까지 받침돌을 쌓아 주셨던

사랑하는 할머니, 고 임희영 여사에게 바칩니다.

당신의 아픔이 내 아픔과 같기에,

당신의 기쁨이 내 기쁨과 같기에,

읽어 주신 모든 분들께 감사합니다.